NO ME DEJES SER TU HÉROE

ANDREA ACOSTA

Andrea Acosta
Título original: No me dejes ser tu héroe
© 2015 Andrea Acosta
© Editado por: ACOSTA ars
ISBN Primera edición Acosta Group: 978-84-616-7803-7
ISBN Segunda edición ACOSTA ars: 978-84-942511-2-2
ISBN Tercera edición ACOSTA ars: 978-84-942511-6-0
ISBN Cuarta edición ACOSTA ars: 978-84-942511-5-3
Maquetación y diseño portada: Nune Martínez
Impreso en Create Space

SOBRE LA AUTORA

Andrea Acosta nació en Barcelona una cálida mañana de 1990, es hija de padre español y madre suiza. Actualmente es una prolífica escritora de novela romántica, a la que gusta dotar con toques dramáticos. Pero sin duda destaca en el género erótico, en el que despliega toda su capacidad y su saber hacer en la descripción de escenas sexuales realmente explícitas y conmovedoras. Su novela *MONSTER*, obra temática de BDSM y de la que ya hay nueva edición en Amazon (*MONSTER NUEVA EDICIÓN*), es una buena prueba de ello. Otro *Best Seller* en Amazon es *NO ME DEJES SER TU HÉROE*, que ha obtenido recientemente un rotundo éxito de público y ventas. *PANNA COTTA* es la primera novela de su nueva colección: *Foodies*. Además, otros trabajos la avalan: ha colaborado con la editorial ACOSTA ars en *UNA NAVIDAD CON ACOSTA ars* y también es fundadora del espacio web *ACOSTA'S KITCHEN*, en el que cuelga semanalmente una receta. La colaboración con distintas compañías discográficas en la elaboración de letras musicales coronan su currículo en el terreno de lo literario. De ella podemos decir también que, a pesar de su dislexia, la cual le provocó un retraso considerable a la hora de aprender a leer, acabó convirtiéndose en una auténtica apasionada de la lectura. La literatura supuso un refugio que la alejó de miedos y malas vivencias. En su adolescencia padeció anorexia, enfermedad que la hizo fluctuar entre distintos estados de ánimo y dependencias. Ahora es madre de un niño maravillosamente activo que le contagia toda su vitalidad y energía. Andrea es hoy una mujer distinta que pisa fuerte, ya que le obsesionan los zapatos. Es gritona y algo excéntrica, pero también es extrovertida y alegre y está abierta a las experiencias que la vida le ofrece cada día.

*A los míos, a los que estuvieron, están y siempre estarán aquí o allí.
Los que de verdad importan y cada día me secundan:*

*Mamá, mi Pepito Grillo; mis mujeres defensoras; mi hombrecito y sus
mulatas, mis Alicias, los Litos, mis cuadrúpedos, y mi calvo.
A todos aquellos que de forma lícita luchan por su patria, sea la que
sea, y son capaces de dar la vida por ella.
A todos vosotros, para que nunca dejéis de ser mis héroes.*

IRAK, AÑO 2004

Había que tamizar los sonidos y mantenerse alerta, siempre alerta; discernir entre el retumbar de las granadas, el continuo machaqueo de las ametralladoras y el estallido de los edificios derrumbándose junto a los combatientes. Se veía gente desvaneciéndose, desplomándose con la poca vida que les quedaba, huyendo en un último aliento de sus bocas, dejando atrás los cuerpos, los cadáveres. Los gritos de los civiles, de los insurgentes y los de sus propios compatriotas se mezclaban con el todavía tórrido aire del mediodía a principios de noviembre. Ese, ese era el día a día de los marines en el Faluya de finales de 2004.

—Leeds, ¿qué tal va Mayers?

El sudor se escurría por las sienes del teniente Davis.

—Jodido, Teniente, muy jodido —respondió este. Junto a Tandler, sostenía a Mayers, quien continuaba sangrando abundantemente por un brazo a pesar de los torniquetes. Brazo descolgado del hombro, apenas sujeto por el hueso quebrado, cuya musculatura se había desgarrado del todo.

—Mayers, aguanta un poco más. —Davis recostó la espalda contra la pared del edificio, sus oscuros ojos miraron al final de la, a simple vista, despejada calle—. Confirma la localización, Roberts.

Aún sin cambiar el punto de encuentro, quedaba todavía un buen tramo para llegar a él. Correr hasta allí estando todos bien no sería difícil, pero había que cargar con Mayers. El Teniente bajó el rifle al tiempo que le daba un toque en el hombro a Tandler y este le reemplazaba para sujetar al herido.

—Vamos a ver, chico —dijo entonces el teniente Davis pa-

—Estamos frescos como rosas, Teniente, y con eso quiero decir que si usted no tiene inconveniente nos gustaría quedarnos a dar un poco más por el culo.

—Yo no puedo hacer más por Mayers y paso de dormir, Teniente. Somos los de siempre —dijo Leeds apareciendo detrás de Tandler y caminando para reunirse con el resto del grupo.

—Os daría un beso a cada uno, pero me parece que se iría a la mierda mi reputación. —El teniente Davis alzó la vista al cielo y cerró los ojos un par de segundos—. Voy a comunicar la decisión, aprovechad para recargar. —A medio camino, Rock se topó con el Capitán y saludó—. Señor, nos quedamos.

—Confío en que sepa bien lo que hace, teniente Davis. Son muchas horas y la cosa está cada vez peor. —Grey le tendió una pequeña botella de agua como si la hubiera cogido especialmente para él.

—No se preocupe, Capitán. —Este estrechó su mano, respondió al saludo y Davis se despidió. Seguidamente desenroscó la botella de agua, lanzó algo de su contenido sobre su cabeza para mojarse el pañuelo, bebió y después se ciñó el casco. Fue en busca de sus hombres. Todos recargaron, tanto municiones como comestibles, y cuando se les dio permiso volvieron a las calles de la ciudad de las mezquitas.

Ellos como marines cumplían con su deber, debían entrar en apartamentos, casas y locales; debían liquidar posibles insurgentes llegados de madrugada con el astro rey. Esas eran las órdenes, eliminar a todo el que promoviera el caos en la ciudad sin importar edad o condición. Las horas transcurrían cargadas de olor a metal y muerte.

Ahora sí, empezaban a estar cansados y el bochornoso calor no ayudaba a soportar la situación.

Davis mandó a Smith y a Tandler a inspeccionar el local del final de la calle para asegurarse de que estuviera despejado. Desde allí tendrían buena visibilidad y estarían a cubierto para poder descansar. La cabeza de Tandler asomó, hizo señas confirmando que el lugar estaba limpio y que podían meterse en él. Así lo hicieron uno tras otro; sin embargo, una explosión les recordó que descansar no entraba en la lista de prioridades.

—¡¿Qué mierda ha sido eso?! —gritó Rock.

El aire les trajo olor a combustible derramado y ardiendo. No hizo falta ir muy lejos para comprobar lo que ocurría. Por la boca de la calleja avanzaba un Humvee en llamas… No se apreciaba si ocupado o vacío.

—Casas, Sandler, conmigo —ordenó el Teniente.

Tras el vehículo, un grupito de insurgentes. Estaba claro quienes habían estado jugando a pirómanos, unos niños malcriados a los que parecía divertir incendiar Humvees.

—Teniente —llamó Leeds después de que este y otros dos acabaran con el pequeño grupo que corría tras el Humvee y él junto al resto de hombres que quedaban en el local abrieran el vehículo, que ardía por la parte trasera, y sacaran al copiloto y al conductor. Con los tres que iban detrás no hubo manera, y tampoco había tiempo; el vehículo podía explotar en cualquier momento.

No podían quedarse allí y Davis los puso en marcha. Señaló otro local varias calles más abajo, aunque no estaba vacío. Sandler y Horton lo despejaron sin hacer demasiado ruido y todos entraron en él.

—Informa de nuestra situación, hay que evacuarlos ya —le dijo Rock a Roberts sin esperar siquiera la opinión de Leeds. Las quemaduras de aquellos dos marines no pintaban nada bien.

Este obedeció. Comunicó a la central lo que Leeds había insistido en dejar bien claro: había quemados.

—Teniente, quieren hablar con usted. —Roberts extendió la zurda para pasarle el radiotransmisor.

—Solicitamos indicaciones para poder evacuar a los heridos y recargar municiones. —Davis se acordó de algo más—: Y agua, que hace un calor de cojones. —En el local solo había mesas, sillas y ordenadores antediluvianos medio destrozados, ni rastro de algo comestible o bebible—. Necesitan ser evacuados cuanto antes —añadió Rock, que oía la respiración más que conocida del Mayor al otro lado del auricular...

—Esto es una jodida orden, teniente Davis, no una recomendación. Agrúpense en el punto de encuentro para su traslado, el de todos. Tienen veinte minutos.

—Aún podemos aguantar unas horas más, las que sean necesarias, Mayor —insistió Rock.

—¡Muévanse al puto punto de encuentro! —El Mayor, al oír el gruñido por parte de Davis, volvió a repetir—: Es una orden, Teniente.

—Sí, Mayor —rechinó Rock. —La orden de un superior debe ser acatada, pero cuando ese superior, encima, es tu hermano jode en el alma —espetó Davis devolviendo el transmisor a Roberts—. Nos quieren de vuelta en veinte minutos exactos. Nos iremos todos. El baile habrá acabado por hoy. —El Teniente miró hacia la pared, donde los dos hombres recostados eran atendidos por Leeds. Estableció el camino que debían recorrer y se dispusieron todos a salir del local. Davis se ajustó debidamente el casco, estiró la malla negra para poder cubrirse con ella hasta la nariz y masculló—: Será mejor que nos pongamos en marcha, no quiero que vengan a buscarnos de la manita.

De nuevo en la calle el sol golpeaba con fuerza, chamuscaba. Hasta el material de las armas quemaba bajo la fuerte radiación. No había movimiento alguno, salvo el humo de vehículos aún llameantes y la visión de varios cadáveres, algunos de los cuales habían sido despojados de sus botas.

Siempre debía cumplirse la orden de que ningún hombre quedara atrás. Si tuvieran que llevarse a cada compañero caído con el que se topaban, no podrían continuar avanzando, no tendrían brazos suficientes para cargarlos. Sin embargo, la máxima era clara: nadie queda atrás, algo de cada hombre caído debe volver a casa. Era una cuestión de honor, un deber patrio.

Esto era la guerra y, si no podían cargar con sus muertos a pesar de las órdenes explícitas, siempre había que buscar a alguien con algo de aliento todavía y, si lo encontraban, hacer todo cuanto fuera necesario para devolverlo a casa, y a ser posible no en un ataúd con una bonita bandera arropándolo. Por aquellos que habían perecido poco podían hacer, pero sí enviar alguna de sus pertenencias a casa para consuelo de los suyos.

—Nos quedan diez minutos, Teniente —avisó Horton.

—Quince; hay que sacar cinco minutos más, cinco minutos para encontrar a alguien con vida —respondió Davis. —Nada, ni un mísero atisbo de aliento. Con Horton recordándole que el tiempo avanzaba, Rock decidió que ya no podían seguir buscando.

Una vez más todos a la carrera. Ellos junto a gatos, perros y ratas, enormes ratas grandes como conejos, pero ni un solo insurgente con ganas de mandar a otro soldadito a hacer compañía a los ángeles. Eso era Faluya, la ciudad apocalíptica. Pasaron delante de la última mezquita, desde donde debían llegar al punto de recogida unos metros más adelante.

—¿Vamos bien de tiempo?

—Menos de cuatro minutos, Teniente —anunció Horton.

«Clic». Sí, se oyó un «clic», y Davis se quedó quieto con las manos en alto.

—¿Qué pasa? —preguntó Casas, que iba el segundo, detrás del Teniente. Se fijó en la posición del pie y gritó—: ¡Mierda!, ¡Roberts, avisa al centro de mando cagando leches!

Davis se movió de la forma que les habían enseñado en el Cuerpo para no activar la mina antipersona que estaba bajo su pie. Nada de levantar el pie, no debía moverlo y, si pudiera, tampoco parpadear.

—¡Casas, cállate! —ordenó Rock. —El resto de sus hombres junto a los dos heridos miraron a Davis desde la distancia y él les indicó que no se acercaran—. Apártate, capullo. —Ante la negativa de este, el Teniente repitió—: Que te muevas coño, Casas. —Rock cerró los ojos y tomó aire muy lentamente antes de añadir—: Nos quedan menos de tres minutos. No estamos en condiciones de llamar al equipo para que desactiven esto, y los halcones no deben de estar esperando a que un par de cabrones quieran derribarlos. —Volvió a abrir los ojos—. Recordad lo que se os dijo en el cursillo sobre las minas, probablemente no habrá solo la que tengo bajo mi pie.

—¡No podemos dejarle aquí! —replicó Smith.

—¿No podéis? Debéis. ¡Es una orden!

Las hélices de los Hawks se agitaban en el cielo.

—Mierda, mierda, mierda. —Casas iba renegando al tiempo que Spencer lo empujaba diciendo:

—Ya le has oído, es una orden.

Los oscuros ojos del Teniente siguieron a los hombres que le iban adelantando. «Buenos chicos». Pasó el último y... Y nada había estallado, nada había hecho «*¡Boom!*». «Me encanta que me hagas palmarla al lado de una mezquita, Señor. Cojonudo por tu parte», pensó Davis y siguió en voz alta: —Creí que me darías otro tipo de muerte, aunque, como suele decirse, si esto es lo que tienes pensado para mí, pues... Eres Dios todo poderoso, el que todo lo puede y, en fin, el Creador omnipotente—. Bajó los brazos lentamente, pensó en soltar la M4, pero no lo hizo, no quería detonar tan pronto, empujó la malla fuera de su rostro para despejarse la boca. Llenó sus pulmones de aire y miró su pie, la bota sobre la superficie metálica espolvoreada de arena. —Todos deben pedirte lo mismo en estas circunstancias, pero ya que a mí me quitas del tablero de juego haz el favor de cuidar de mi familia, a todos y cada uno de ellos. Ashton es un capullo y hace trampas jugando al póquer; y al Coronel..., después de esto aún le costará más creer en ti, pero no se lo tengas en cuenta—. Davis se mordió el interior de un carrillo. El sol le daba de lleno en la cara, extendió la mano izquierda, que aún sostenía el arma, y se arremangó la tela de la camisa para leer el ***Semper Fi*** tatuado en su antebrazo. «Por lo menos la diño estando de servicio. Me hubiera gustado fumarme un último cigarrillo, pero ni eso». Una vez más Rock elevó la cabeza hacia el cielo, hacia la luz cegadora. —Tengo que decírtelo, eres un hijo de la gran puta—. Levantó el pie y... nada. ¡Nada!

El corazón empezó a bombear sangre frenéticamente, las piernas zanquearon, empezó a correr, correr, correr; sin embargo...

EN LA ACTUALIDAD, WASHINGTON AÑO 2005

—¡Calla, Thor! Vale, cállate ya.

La chica tiró de la correa con la derecha y con la otra trató de sentar al baboso bóxer. Aquella hada chiquitina logró sentar al perro y entonces alzando su mirada azul, preguntó:

—¿Viene por el alquiler?

Él la observó de arriba abajo. «¿Cuánto mide? Uno cincuenta, si llega». Bueno, observó lo que pudo, ya que ella iba envuelta en un montón de capas de ropa.

—Sí, señorita «cebolla» —respondió Davis mirando ahora a esa cosa babosa que encima se llamaba Thor. «Eso es una ofensa al dios, seguro ¿En qué estaría pensando esta mujer?».

—Bien —dijo alargando la mano para estrechársela, pero... Thor pegó un tirón y salió corriendo calle abajo con ella detrás. «¡Un gato!, ¡otra vez!».

Ciertas calles de Silver Spring se estaban llenando de mininos para el goce de Thor y desgracia de ella.

Davis se quedó con la mano extendida. Los siguió con la mirada. Apostaba a que esa bestia podría meterse la cabecita de la mujer enterita en la boca. De hecho se la podría comer de un bocado.

—¡Es solo un gato, Thor! —gritó ella. Clavó los pies en el suelo y tiró hasta conseguir que el animal desistiera. Tras eso, volvió a la puerta de casa—. Lo siento, lo siento… Me llamo Alice Garisson y creo que querrá entrar. —A ella le faltaba el aliento y no era solo por la carrera, es que francamente él era, era... «es la falta de sexo», pensó. Alice, empujando al perro por el trasero hacia abajo lo sentó, alargó la mano y esta vez sí se la estrechó. El regordete guante le impedía sentir el tacto de la piel masculina al presionar su diestra.

—Rick Davis, aunque puede llamarme Rock si lo prefiere, y, sí, por eso estoy aquí, por el alquiler. —Él soltó su mano y asintió.

—Genial. —Alice tiró de Thor, que resopló. Normal, acababa de mandarle sentarse y ahora todo lo contrario. ¡Si es que las mujeres no saben lo que quieren!—. Es un buen chico solo que no hace mucho que nos conocemos y aún me cuesta un poco controlarlo. Yo vivo arriba y usted aquí abajo; bueno, siempre y cuando se quedara el apartamento. —Esta, tras rebuscar en los múltiples bolsillos de su chaquetón rojo, encontró el juego de llaves, abrió y pulsó el interruptor. Una rampa amplia y bien compensada le esperaba; a la izquierda, una barandilla para sostenerse por si era necesario —. El antiguo dueño sufrió un accidente de tráfico y adaptaron esto para que pudiera circular sin problemas con la silla. Vayamos hacia abajo si le parece, señor Davis.

Ese dichoso gorro bermellón no le permitía ver ni eso... «¿Ver el qué? ¿Es morena, rubia, castaña? ¿A qué viene el interés? A esto se le llama falta de sexo, amigo. ¡Por Dios!, no es tu tipo en absoluto. Te gustan esbeltas, generalmente rubias y destapadas, muy destapadas, pero a ellas ya no les gustas tú en esta jodida silla de ruedas». Rock pestañeó, se había quedado mirando como sonreía la mujer. Hacía ya quince largos y duros meses desde el accidente y, claro, era hombre a pesar de todo.

—Hay un ascensor que conecta el primer piso con este, pero no se le da uso. En todo caso si se... —Alice se detuvo al llegar al umbral que daba al apartamento—. Lo mismo que le he dicho antes, primero tendría que aceptar, pero si fuera así sería conveniente que tuviera una copia de la llave que activa el ascensor. —«¿Son negros, ¿verdad?». Sí, él tenía unos intensos ojos negros. Alice entró en el apartamento, un espacio amplio y, sobre todo, muy minimalista, con los muebles justos para que uno pudiera desplazarse sin molestias.

Davis avanzó sin encontrarse con nada que le estorbara en el recorrido. Todo estaba a su alcance para no tener que esforzarse en absoluto. Le hizo gracia el tubo en pleno salón, aquel cilindro por donde los bomberos se habrían deslizado, y él también si no estuviera paralítico. Al fondo del todo estaba la caja del ascensor. Rock continuó haciendo la ruta. El dormitorio tenía un baño contiguo, donde una amplia ducha le estaba llamando desde ya. Salió de allí para seguir a Alice hasta la cocina.

—En el anuncio no decía nada de esto —dijo al descubrir

la habitación extra. Un cuarto que podría usar para meter sus aparatos de entrenamiento. No poder caminar no implicaba olvidarse de la musculatura de caderas para arriba.

Alice le observaba apoyada en la encimera de mármol blanco de la cocina. Un pañuelo de tela negra cubría parte de la cabeza del hombre, pero podía adivinarse su oscuro cabello cortado muy muy corto, probablemente un afeitado pulido y cuidado. Y el tono moreno de piel era una combinación extraordinaria que encajaba perfectamente con esos ojos, con ese fantástico color de ojos que él poseía. Viajó con la mirada hacia abajo, por la complexión de los hombros. «Jesús», ese tipo debía de ser muy alto. Parecía que los músculos de los brazos quisieran partir la tela del *jersey*.

—Pues... Se me debió de pasar. Yo lo usaba como despacho, usted puede utilizarlo de desván si le parece, señor Davis.

Antes, al estrecharle la mano, Alice se había fijado fugazmente en los tatuajes en los nudillos y algo de los que le nacían en la muñeca. Si recopilaba toda la información de lo que a simple vista veía, y lo que hoy era el pan de cada día en el país, él debía de ser un... «¡Sí nena, pon un marine en tu vida!».

—Fianza y todos esos papeles, ¿no? —preguntó Rock.

—Sí, todos esos papeles —respondió la mujer.

—Pues, si no tiene inconveniente, me gustaría quedarme. —Empujó la silla y se quedó mirándola. En uno de los bolsillos de la chaqueta, que se había quitado antes de entrar, iba el sobre con la fianza, el dichoso aval bancario y las fotocopias de la documentación necesaria. Era ese apartamento o nada y, a decir verdad, era perfecto salvo por esa cosa babosa que le estaba observando con cara de malas pulgas.

—No, ninguno, voy a por el contrato, lo tengo arriba. Quédate aquí, Thor. —Alice bajó la mirada y anudó la correa a la pata de la mesa. «No sonrías demasiado... Alice, deja de sonreír así». Utilizando la llave del ascensor, ella lo puso en marcha, subió a su piso y se dispuso a buscar la carpeta entre el caos.

—¿Te han dicho alguna vez que eres jodidamente feo? Aun estando aquí sentado puedo patearte el culo, baboso saco de pulgas. —El perro lo miró enseñándole los dientes, así que Rock le enseñó los suyos.

Por fin Alice encontró el contrato, bajó con un bolígrafo y copia de todas las llaves del apartamento.

—Al final de la calle hay una lavandería donde podrá llevar la ropa y, bueno, todo está a mano por aquí. —Sacó el contrato y lo puso sobre la mesa de la cocina. Esperó a que Davis se acercara y entonces corrió el asiento para pegar el trasero en él.

Chaquetón, gorrito y, salvo por un guante, todo el resto seguía cubriéndola como a una cebolla.

Tenía una nariz redondita pero respingona y muchas, muchas pecas sobre el puente, en las mejillas y, por descontado… «Seguro que tendrá en otros sitios. ¡Rock, basta! Pero es que realmente quedan tan adorables sobre ese fondo pálido. ¿Y alrededor del ombligo?, ¿y en los muslos?».

—Léaselo por favor —pidió ella empujando el contrato hacia él, y esperó jugueteando con el bolígrafo—. Gracias —añadió cuando Davis deslizó también sobre la mesa el sobre con la fianza y el resto de sus documentos.

Él agradeció el bolígrafo con un cabeceo, leyó, firmó los papeles y se lo devolvió todo.

—Quisiera mudarme lo antes posible, ¿podría ser mañana?

—Por mí no hay inconveniente —respondió Alice.

—Perfecto, entonces mañana empiezo a traer cosas.

—Nada de fiestas, señor Davis, este es un barrio tranquilo.

Los ojos azulados de la joven se incrustaron en el negro de los suyos.

—No soy muy bueno bailando, así que lo prometo, nada de fiestas. —Rock alzó la derecha con la palma abierta a modo de juramento.

—Le tomo la palabra. Para cualquier cosa estaré, normalmente, en el piso de arriba. —Alice lo acompañó a la puerta, habiéndole entregado previamente las llaves. Se despidió y, tras cerrar, se recostó contra la puerta. Se mordió el labio inferior con los ojos cerrados, reproduciendo en su cabeza todo lo acontecido minutos atrás.

—¿Qué? —preguntó ella al perro al oírle resoplar tumbado en mitad del salón—. Tengo que llamar a Charlize —se dijo Alice. Apagó las luces y, cerciorándose de que no se dejaba nada, ella y Thor subieron en el ascensor hacia su apartamento. Marcó el número.

—He alquilado el apartamento a un marine —soltó de sopetón.

—¿A un marine? —preguntaron al otro lado de la línea telefónica.

—Sí.

—¿Piensas metértelo en la cama?

—¿Tengo que alquilarle el apartamento a un marine solo para acostarme con él? —La sola idea la hizo hervir de vergüenza. Alice se apoyó de espaldas contra la nevera y suspiró tontamente; la carpeta, con los papeles y la fianza, contra su pecho—. Ojos negros, mis dos muslos juntos son un solo brazo suyo, y eso que no soy delgaducha ni mucho menos… —otro hondo suspiro—, y una sonrisa de anuncio de dentífrico.

—¿Así que no te lo meterías en la cama? ¿Y para qué quiere un marine buenorro tu apartamento? —se burló Charlize, sarcástica.

—Tal vez para vivir, ¿no? Ah, sí, olvidaba decirte, creo que es uno de los muchos veteranos de Irak. Es parapléjico y el piso está adaptado para ellos, ¿lo recuerdas? Él va en silla de ruedas.

—Ah, ya, ya. Vale, así tendrás donde apoyarte antes de meterte en su cama. —A través del teléfono se filtró el sonido de papeles al ser sacados y revueltos entre carpetas—. ¿Hablamos de trabajo? —preguntó Charlize debido al nuevo suspiro de Alice. Apoyó las manos en su escritorio sujetando el inalámbrico entre la barbilla y el hombro—. Baja de las nubes y concéntrate.

—Vale, vale, concentrada.

Pero Alice no iba a bajar de las nubes. A fin de cuentas ella solo podía soñar, pues para él simplemente sería su casera y la vecina de arriba.

—Mira, Alice, deja esa actitud de monja, olvídate de Hugh y tírate al marine buenorro en la silla o donde te dé la gana, y ahora ¿qué tal va el proyecto?

Cierto, Hugh había desaparecido de sus pensamientos al hacer entrada en escena su ya oficialmente *«vecinoalquiladodeabajo»*. Alice, sin más remedio, aunque sin dejar de pensar en aquel par de ojos negros, intentó centrarse para hablar de trabajo.

Davis llevaba dos semanas en el nuevo apartamento y se sentía realmente bien, o todo lo bien que puede sentirse uno después de lo sucedido en el último año. Había decidido alejarse durante algún tiempo del ambiente de Quantico, pero tampoco irse a las antípodas, así que ahora estaba a unas cuarenta millas de casa; lo bastante cerca en caso de urgencia y lo bastante lejos para no tener que soportar a diario a su familia, demasiado numerosa. Silver Spring era ideal, al norte de Washington D.C. y prácticamente un barrio en el extrarradio de la gran ciudad. Había varios parques, hasta uno llamado Rock Creek Park.

Aquí él se sentía muy cómodo. A ella, a su casera, ni la había vuelto a ver. Tampoco es que él saliera mucho a la calle y pudiera haberse encontrado con Alice, sola o arrastrada por Thor. Es más, cuando iba a rehabilitación lo hacía en el turno de noche, y ella no parecía ser del tipo de mujeres que salían de fiesta en el **U Street Corridor** hasta las tantas, fuera lunes o sábado. En todo caso, si ella fuera de esa clase de chicas, sin duda que con la blancura de su piel y las pequitas le pegaría mucho más un ambiente como el de un *pub* irlandés. Rock, el muy condenado estaba empezando a imaginársela envuelta tan solo en la bandera irlandesa y con un gorrito de esos, luciendo su correspondiente trébol de cuatro hojas, y..., y... «Teniente, francamente, está usted jodidamente necesitado».

En más de una ocasión Davis había pensado en salir, moverse hasta la otra calle, donde ella tenía la entrada a su apartamento, y llamar al timbre. «¿Con qué fin? ¿Follármela? ¡Claro, señor de la silla!». Rock negó, los treinta kilos de mancuerna subían y bajaban, quince en cada lado. Se detuvo, oía ladrar al baboso con nombre de dios y normalmente no se le oía. «Habrá visto una mosca». Arriba, abajo, arriba... «¿Por qué ladra tanto?». Dejó ambas pesas en el estante, giró en la silla y salió de la estancia que había convertido en su pequeño gimnasio. Sí, sí, el bicho no dejaba de ladrar. «Quizás debería salir y dar la vuelta a la calle para llamar a la puerta de la casera... ¡Y una mierda! Pero ¿y si realmente pasa algo?». Este fue a por las llaves y metió la que tocaba en la cerradura que activaba el ascensor. Si no pasaba nada se quedaría tranquilo, pediría ochenta disculpas y fuera. A fin de cuentas lo que iba a hacer era meterse en una casa ajena sin permiso; no obstante...

Subió, y al abrirse la puerta allí estaba Thor yendo de un lado a otro, ladrando como un auténtico loco. A Davis no le extrañó nada porque ¡menudo estruendo! Era una especie de mezcla de platos rompiéndose y jarrones volando...

—¡Alice! —Allí estaba ella también, y ese culo que... «No, no, eso no es un culo, eso es el señor de todos los culos, el de mi casera, ese culo que... En bragas y camiseta de tirantes, joder qué culo... Sin sujetador, culo... culo... ¡Céntrate, hombre!». Pero ya era tarde. Su pelo, liso y pelirrojo, ondeaba tras la fina espalda. Era muy tarde pues ahora sí la veía envuelta en la bandera irlandesa o, más bien..., la veía desnuda y echada sobre ella extendida en el césped y...

Alice estampando el último jarrón, le pareció oír que alguien la llamaba.

—Pero ¿qué hace usted aquí?

—Pues... ¡Yo no, no...! —Rock no sabía cómo seguir. «La pregunta es ¿por qué coño vistes como una monja? ¿Pero tú te has visto el culo? Olvídate del porno *on line*, Teniente, ya tienes inspiración». Davis le había mirado el pelo, la media melena pelirroja flotando tras ella, pero se había fijado más en el movimiento *traseril*—. Oí a la cosa babosa ladrar como un poseso y pensé que pasaba algo. Cogí el juego de llaves y...

—¿Disculpe? O sea, que escucha estruendo y decide subir a mi casa haciendo uso del juego de llaves de emergencia y... ¡¿Y se queda tan ancho?! ¡A esto se le llama allanamiento de morada, amigo! —soltó Alice con las mejillas ardientes.

Era bajita y curvilínea, sin cirugías. Eso se veía a simple vista, no le hacían ninguna falta. Estaba preciosa así, manchada de barro, con el pelo despeinado, sonrojada...

—¿Qué? —Davis tenía los ojos fijos en ella, repasándola de arriba a abajo, vamos, en definitiva dándose un buen festín visual, todo fuera por recordarlo y... Sí, utilizarlo más tarde.

—¿Llamo a la policía o lo mando a la mierda?, aunque puedo hacer ambas cosas a la vez. —Alice se cruzó de brazos y arrugó la respingona nariz.

—Un momento, un momento, para el carro, nena. —Había logrado mantener sus instintos a raya y dejar de pensar en ella desnuda y jadeante bajo su cuerpo. Rock empezó a cabrearse—. Entro en tu puta casa pensando que la mierda de perro que tienes no puede defenderte de una violación por parte de cuatro rusos de dos metros y medio y... ¿Me sueltas esto? —Ahora mismo no estaba para finuras, adiós al usted y a la buena educación. Además, la culpa era toda de ella, pues si estuviera más tapadita y no le pareciera sexualmente atractiva, ahora mismo su erección no estaría a punto de reventarle el pantalón.

—¡Claro! Es que por aquí hay muchas violaciones por parte de rusos de dos metros y medio y... —Alice miró de refilón a Thor, sentado entre pedazos de barro cocido a unos pasos de ella y babeando de lo lindo—. No metas a Thor en esto.

—Vaya, has dejado de hablarme de usted, gracias. —Davis miró al perro y sonrió burlón—. Hasta un gatito bebé sería mejor guardián que eso y, por cierto, podrías tener un mínimo de respeto por los vikingos.

—¿Y eso a qué viene? —preguntó una Alice del todo indignada.

—A que llamar Thor a semejante cosa es ofensivo.

—Con la Iglesia hemos topado... Digo con..., con... —Alice no supo cómo seguir la frase, ignoraba de qué forma se llamaba la religión, credo o lo que fuera de los vikingos—. Bueno, ¿piensas largarte o no? —preguntó ella de mala gana.

—La verdad es que prefiero quedarme aquí viéndote en bragas, pero, vamos, que si te despelotas del todo, mejor que mejor. No me importa que estés como una puta cabra, pues eso queda muy bien compensado. —Rock sonrió ampliamente haciendo gala de su sonrisa de «capullo engreído» y se encogió de hombros tan ricamente—. Con eso de que estés medio desnuda, sudada y despeinada ahora mismo podrías ser la protagonista de una película X. —Este alzó un dedo para dejar claro lo siguiente:

—Pero de las caras, ¡eh!

—Serás gili... «¿Acaba de decir en bragas? ¿Alice? ¡Alice estás en bragas! ¡Sí! ¡Estás en bragas!». —La taheña iba a morirse de vergüenza, salió corriendo y, entrecerrando la puerta del dormitorio, chilló—: ¡Cerdo!

—Y ahora soy un cerdo... —murmuró Davis.

—¡Pues sí, lo eres! —chilló Alice de nuevo.

—Lo que tú digas, *Alicia en el país de las maravillas;* por cierto, gracias por este que espero se vuelva una costumbre.

—¿Qué? ¡¿De qué vas?!

Este alzó la voz para que ella le oyera claramente:

—¡Que gracias por tu **regalo de mi no cumpleaños**!

—¿Y qué regalo es ese?

—Verte en bragas.

—¿Ves como eres un cerdo?

—Ya, yo, un cerdo y Thor, **el Sombrerero Loco.**

Alice, detrás de la puerta, cerró los ojos mordiéndose el labio inferior. «Genial te ha visto en bragas. ¿Quién tenía que mantener la dieta?».

—¡Oye! —llamó él.

—¿Aún sigues aquí? —cuestionó ella al borde de una aneurisma cerebral.

—¿Qué te parece si... olvidamos esto y... empezamos de nuevo?

—Discúlpate —exigió la mujer.

—¿Que me disculpe? —preguntó Rock con *rintintín.*

—Eso he dicho —espetó Alice.

—Las damas siempre van primero... —chinchó Davis.

Alice resopló, pero...

—Espera. —Corrió al armario y sacó un vestido más que holgado que se pasó por la cabeza, salió del dormitorio y confesó—: Estoy pasando por una crisis creativa...

—Ah..., ya... ¿Y?

—Lo siento.

—Yo también —respondió Rock con sinceridad, aunque no se arrepentía de haberla visto en bragas. Ella se había vestido y eso le molestó un poco. Apartó su oscura mirada de la mujer para observar su alrededor. Esto no se parecía en nada a su apartamento. Al salir del ascensor te plantabas en el salón, con la cocina abierta a la izquierda. Un poco más allá, a la derecha, dos puertas, que suponía darían al dormitorio y posiblemente a otra habitación. Delante de él, un gran espacio, ocupado por una cantidad de mesas y «cosas raras». Incluso un poco más atrás se veía la salida a una terraza completamente cubierta a modo de invernadero—. ¿Crisis creativa has dicho? —preguntó

Davis. Antes no se hubiera fijado en la mujer que estaba ahora a unos metros de él completamente sonrojada, y no porque no fuera bonita. Lo era realmente, incluso se podía decir que gozaba de una belleza casi infantil, llena de pecas, sus ojos eran de un azul impactante. Davis estaba mal acostumbrado a pelandruscas oxigenadas, de grandes escotes, y a ser posible repletitos de silicona, y que además dormían con el maquillaje puesto. Por lo que había visto de ella, de Alice, esta no encajaba para nada en ese canon y aun así... «Culo, culo, culo».

—Soy escultora —Alice señaló los tornos, el barro que manchaba las mesas y hasta a ella misma.

—Escultora, ya. ¿Y los escultores destrozan su taller habitualmente? —Davis miró de aquí para allá y..., sí, parecía que Alice no le mentía.

—No, es que debo entregar algo el mes que viene y no he empezado. —Ella negó obligándose a dejar de mirarlo. Tanto músculo desarrollado la estaba mareando. Una cosa era verle con *jersey* y otra muy distinta con una camiseta de tirantes. No había visto tanto tatuaje junto en su vida. Nudillos, muñecas, brazos al completo y en la unión del esternón y por detrás debía de haber más—. Miento; sí, he empezado, pero no era bueno. — Alice estaba empezando a molestarse consigo misma y es que... parecía que él le hubiera chutado el famoso suero de la verdad ¡No era capaz de mentirle! Sus pies metidos en sandalias empujaron algún que otro pedazo de barro cocido.

—Entiendo... Bueno, pues solo quería asegurarme de que todo iba bien, que no estabas siendo violada o lo que fuera. Me voy. —Rock miró de reojo a Thor, que se relamía aquellos sempiternos hilillos de babas que goteaban hasta el suelo.

—¡Espera! —Ella se sonrojó sin mirarle y susurró—: Podría invitarte a un té.

—¿Té? —preguntó Rock extrañado. Él era de **Yuengling Traditional** de toda la vida y ella quería darle «agua sucia y encima caliente».

—Sí, té... **Liebre de Marzo**.

—Yo prefiero cenar.

—Oh... ¿No has cenado?

—No, señorita.

—Entonces... ¿Algo aquí? —Alice alzó lentamente la vista y se encontró con los ojos negros de él. Su pelo, de un pelirrojo zanahoria le cubría media cara de lo despeinada que estaba—. Siento, siento haberte asustado —trastabilló ella.

—¿Pagas tú?

—¿Qué? —preguntó Alice con un tic nervioso en la ceja

derecha.

—¿Que si pagas tú?

—Sí, te invito yo a ti...

—Rock —soltó él ayudándola a terminar la frase.

—¿Rock qué? —preguntó tontamente Alice, ¡pero es que el tic en su ojo continuaba!

—Que soy Rock para los amigos. ¿Escojo yo?

—¿Amigos? —«Sin derecho a cama, Alice, no te hagas ilusiones».

—Te he visto en bragas, y por mucho menos he llegado a considerar a una mujer como amiga —sonrió él.

—¿Puedes olvidarlo? —bufó Alice molesta.

—¿Qué se supone que tengo que olvidar? —preguntó Davis sabiendo que la sacaba de quicio, de hecho, el tic en su bonita ceja pelirroja le parecía adorable. «Bien, bien, Teniente, ¿qué es lo que no le parece adorable en ella?».

—Lo del episodio de las... bragas —vocalizó Alice en un hilo de voz.

—Puedo hacer como que sí, pero en realidad no voy a hacerlo —admitió Rock, divertido.

Alice abrió la boca, pero de ella no salió palabra alguna.

—Soy un hombre, nena; inválido, pero hombre de todas todas.

«¿Cómo se supone que tengo que tomarme eso? ¡¿Me ha llamado nena?!». Alice estaba totalmente descolocada, así que mejor sería hacer como si tal cosa, borrar de la conversación «lo de las bragas» y quedarse con lo de llamar por la cena—. Genial, vale..., Rock. Sí, si lo haces tú yo puedo ir barriendo el estropicio.

—Te ayudo y después me doy una ducha. No creo que quieras cenar conmigo estando yo así de guarro.

Entre ambos recogieron las víctimas del destrozo. Las fueron metiendo en una caja de cartón que dejaron al lado del torno, lejos del horno para cerámica. Cuando quedaba bastante menos de la mitad por recoger, él se bajó a su apartamento y se metió en la ducha. Para asombro de ella, Davis regresó debidamente aseadito y mucho antes de lo que podía esperarse.

—¿Ya? —preguntó Alice sorprendida. El pequeño pasador azul con lacito estaba ahora bien puesto a un lado de su cabeza. Nada de barro manchándole las manos, aunque le quedaba algo reseco en la cara—. Pensé que tardarías más —admitió la mujer.

—No estaba tan sucio. No eres vegetariana ni nada de eso, ¿verdad? —Rock fue en busca del teléfono y al encontrarlo marcó. Se sabía el número de memoria.

—Vegetariana no, pero nada con mucha grasa, algo que

no engorde —contestó ella, con la escoba en una mano y el recogedor en la otra.

Davis enarcó las cejas y sonrió como si fuera a hacer la maldad más grande. A los quince minutos la cena estaba aguardando en la puerta. Él siguió a Alice con la mirada cuando ella fue a abrir. Dentro de ese envoltorio infantil, con vestido de hadita calenturienta de Disney, el pequeño lacito azul a juego con sus ojos, que se engarzaba en las hebras pelirrojas, y las pecas, «ah, las pecas... ». Pues, bajo todo eso, él encontraba un... un punto tan sexual que... «¡Eso es por la falta de sexo, hombre».

—Has dicho que no eras una *comehierba* —le dijo él a Alice.

Sentados a la mesa, la miró a la vez que él se chupaba el dedo meñique, repleto del kétchup en que había bañado las patatas fritas.

—Sí, pero... la hamburguesa doble con **cheddar**, beicon, cebolla, tomate y lechuga es..., eso es demasiado. Luego está la ración de patatas y otra de anillos de cebolla, de verdad que no puedo con todo esto.

—Tú, come —dijo Davis a modo de orden.

—Se me irá a los muslos y... al pompis. —Alice sacudió el batido extragrande de chocolate y miró la hamburguesa queriendo cogerla, pero no sabía bien cómo.

—¿Pompis? Menuda gilipollez, venga ya, Alice, come. —Él no pudo sino carcajear. Se relamió el labio superior repleto de mayonesa encebollada. «No, cariño, eso no es un pompis, es un culo, la madre de todos los culos».

—Hay una cosa llamada dieta y no debería saltármela —susurró Alice. Ella había conseguido coger la hamburguesa, pero no le cabía en la boca, así que la dejó sobre el amarillento envoltorio y se levantó a por un cuchillo.

—¡Eh, eh! Las hamburguesas no se comen con cubiertos, siéntate. Anda, dámela. —Este golpeó la mesa con dos dedos, rio por el puchero de ella al retroceder, partió la hamburguesa en dos pedazos y le tendió uno dejando el otro sobre el papel—. Las dietas son una chorrada cuando no son necesarias. Come, abre la boca —la instó Rock. Le invadió una extraña sensación, era como si se conocieran desde siempre. No se sentía incómodo o fuera de lugar, y eso era una grata novedad después de tanta amargura. Davis meneó la cabeza.

—Más, Alice... Buena chica.

—Acabo de darme cuenta de que me caes muy mal y, sí, me hace falta la dieta. —Ella se relamió los labios al lograr masticar y tragar el primer bocado. «¿Cómo es capaz de meterse tantísimas patatas en la boca de un solo golpe?, ¿les enseñan en el ejército?», se preguntaba Alice una y otra vez.

—¿De dónde sacas eso? ¿Te lo ha dicho un médico?

—No, pero es obvio —declaró ella, que rebuscó en la bolsa donde había venido la cena y sacó las servilletas de papel.

—¿Obvio? —cuestionó Davis crispando las cejas.

—Eso he dicho.

—Quieres metértela ya en la boca —eso sonó mal hasta en su cabeza, así que Rock se apresuró a decir—: La..., la hamburguesa. —Si es que ella parecía un pollito picoteando. Rock carraspeó relamiéndose de nuevo los labios y le dijo muy claro—: No te hace falta ninguna dieta, Alice.

—Lo dice el que debía de ser el capitán del equipo de fútbol del instituto, uno de esos guaperas por el que todas se morían.

—Ya se morían por mí en el jardín de infancia, nena.

—¡Oh, no lo dudo! —Alice rodó los ojos y movió la hamburguesa entre sus dedos de nuevo.

«¿Por qué coño te gusta tanto hacerla reír, Teniente?».

Puede que sea por los hoyitos que se le forman en las mejillas al hacerlo. Sí, probablemente sea por eso. Rock se limpió la boca con la servilleta al terminar de comer mientras ella continuaba a ritmo tortuga, mirando de reojo sus brazos—. Mi hermano mayor es militar de profesión, pero como *hobby* tatúa. Son todos suyos.

—Vaya, para ser un simple *hobby* son realmente buenos —admitió la mujer.

Él se señaló el brazo izquierdo justo arriba, donde el hombro. —Este es mi padre, Coronel ya retirado —y señalando el hombro derecho—, mi madre, y hacia abajo, bien repartidas entre los dos brazos, están mis cuatro hermanas. Aquí —los dedos tocaron el antebrazo zurdo— Ashton, que es Mayor pasó de dibujar su autorretrato, por mucho que se lo pedí, así que solo puso su propio nombre. —Rock hizo como si el lema *Semper Fi* en el interior de su otro antebrazo no estuviera, ni tampoco **LT** y R–o–c–k en sus nudillos. En los dedos de la mano izquierda se leían las letras que componían el apellido Davis.

—¿Y no te da miedo esa cosa?

—¿Qué cosa? —preguntó él sin entenderla.

—La aguja.

—Agujas, plural. Se añaden más o menos según si se está trabajando en el contorno o rellenando espacios de color —precisó Davis y, echándose hacia atrás del todo en la silla, añadió—: Hay cosas que dan mucho más miedo.

—Sí, imagino que hay cosas que dan mucho más miedo —murmuró Alice. Quedó claro que iba con doble sentido—. A mí ya me pone nerviosa el sonido. No sé si aguantaría que alguien me estuviera taladrando con una aguja, y ya no hablemos en plural, pero me encantaría hacerme uno. —Y ella dio un leve sorbo al batido a través de la pajita.

—Puede que necesites de alguien que te agarre de la manita en el proceso. Lo de que duele tantísimo es un mito, una mentira y una auténtica gilipollez. Si a mí, teniendo la piel de un **dragón de Komodo,** no me ha dolido nada de nada, no podrá dolerte a ti.

—¿Que te estén hincando agujas puede no dolerte?

—Molesta —respondió Rock a la mujer.

—Duele —reiteró Alice.

—¿Cómo sabes que duele si no llevas ninguno?

Alice se quedó callada durante unos segundos, bajó la mirada y la alzó para responderle:

—Intuición femenina.

—¡Corrección: tontería femenina!, molesta, nada más.

Los mofletes de Alice se hincharon de indignación.

—Acabas de entrar en mi lista negra, Davis. —Ella partió la mitad de la hamburguesa que le quedaba en dos partes más. Llamó a Thor ofreciéndosela y este, babeando aún más, aceptó la invitación. Viró la mirada desde el perro a Davis y pestañeó teatralmente—. ¿Decías, Rock? ¿Quieres tú la otra mitad? —La alzó tendiéndosela al perro.

Rock la miró a ella y luego al muy pobre sucedáneo de dios vikingo. «Le acaba de dar la hamburguesa a esa cosa. ¡La hamburguesa! ¿Pero ¿qué hace esta mujer? El perro se relame y se relame tan a gusto que de la cantidad de babas se encharca el suelo. Alice debería de haberle llamado *Slimer*. Hombre, si se le tiñe de verde…».

—No, gracias, Alice —respondió él en tono mordaz.

—¡Toda tuya, Thor! —canturreó esta.

—Disfrútala, cabronazo… —masculló Davis entre dientes viendo como *Slimer* se la tragaba. Que no fuera verde ni un fantasma no eran motivos suficientes para que a partir de entonces no le llamara así.

—Mañana podrías…, podríamos… «¡Calla, calla, calla, Alice!» —empezó a decir ella. La mujer hizo un montón con envoltorios y servilletas. Se levantó para encaminarse hacia el cubo de la basura. Ni había mirado el reloj, pero soltó—: Es tarde, supongo que querrás irte a la cama.

—¿Podríamos el qué? Bajaré cuando acabes la primera frase. —Rock alzó los oscuros ojos hacia el reloj colgado de la pared, no eran ni las nueve.

—¿Qué frase? —se hizo la tonta. Las bolsas de papel cebolla también fueron a la basura. «¡Nada de contacto ocular, nada de contacto ocular, Alice!».

—Podrías..., podríamos... Esa frase —repitió Davis imitándola.

—Es una tontería —dijo ella queriendo dejar correr el tema.

—Dila y, si es una tontería, pues, me reiré.

—Tú tendrás vida social, así que por eso es una tontería. —Esta se recostó contra el frigorífico.

—Cierto, nunca dejo de correr de aquí para allá —contestó él con cierto sarcasmo hacia sí mismo. Rock levantando las dos manos las agitó—. ¡Desembucha, mujer!

—Pues, podrías subir mañana para cenar o bajar yo para, para cenar —dijo ella de carrerilla.

—Pago yo, subo; pero pides tú. Nada vegetariano ni... raro. —Davis desplazó la silla hasta el ascensor, giró la llave y, al abrirse las puertas y entrar, se giró y la señaló—. ¿Vale? Buenas noches y cuidado con los violadores y la **Reina de Corazones**.

Ella asintió alzando la mirada, él le sonrió provocando que en ella el sonrojo coloreara hasta la punta de sus orejas. Las compuertas metálicas se cerraron y él se marchó. Se marchó del apartamento, que no de su pensamiento. En él se mantuvo toda la noche y parte de la mañana siguiente.

Pasado el mediodía, todo el contenido de su armario estaba sobre la cama y ya se había probado la mitad. Que qué iba a ponerse para la cena, que si se recogía el pelo, se lo trenzaba, lo dejaba suelto... Difícil decisión, muy difícil, y mucho más si la interrumpían. Suerte que no tenía puesta la música como era su costumbre, pues de ser así no habría oído nada.

—¡Voy! —gritó Alice. Ella, con los pies descalzos, salió del dormitorio para ir hasta la entrada y abrir la puerta.

—Es pelirroja, pero pelirroja de esas zanahoria, ¿lo veis? —dijo la que parecía la más mayor del cuarteto anclado ante la puerta.

—Y bajita, muy bajita —cuchicheó otra.

—Pues a mí me parece muy mona —soltó la de detrás del todo, esa que parecía la mayor.

—Nunca hubiera dicho que Rock podría estar con alguien como ella. ¡Pero me encanta! —brincó la más joven.

«Pelirroja zanahoria, bajita, mona y Rock. ¡Conocían a Rock! Y lo de estar con alguien como ella. Pero ¿de qué me conocen?».

—¿Puedo ayudaros? —preguntó Alice. Todas parecían cortadas por el mismo patrón. Ojos negros, pelo oscuro, piel morena. «¡Los tatuajes! ¡Son las chicas de los tatuajes!».

—Hola, somos las hermanas de Rock y hemos venido a cotillear a su casera, o sea a ti.

La portavoz y mayor de ellas se abrió paso entre las otras

tres y le dijo:

—Está en su apartamento y nosotras nos hemos fugado con la excusa de ir a comprar algo de helado al final de la calle, pero la intención número uno era venir a verte a ti.

—Oh..., ¿queréis pasar? —preguntó Alice, y eso que se estaba sintiendo terriblemente incómoda.

—Mejor sería que bajaras tú con nosotras y los helados —soltó la pequeña que, aun siéndolo, era más alta que la propia Alice.

—¿Yo? No quiero molestar, gracias por la invitación —respondió Alice con rapidez. Les había ofrecido pasar, pero solo asomaba por la abertura de la puerta su cabeza.

—La molestia será si no nos acompañas, tú eres la casera —replicó la portavoz del grupo con una sonrisa.

—Y a Rock le haces *tilín* —añadió otra.

—No, le hace *tolón* —dijeron dos más atrás al unísono.

—¡Callaos todas! —mandó el jefazo, girándose para mirar a las otras tres—. La estáis agobiando. Te esperamos aquí, no vaya a ser que te rajes.

Alice ya se había rajado, pues cuatro pares de ojos intimidantes se clavaban en ella como dagas.

—No tardo. Ah, Thor no hace nada —dijo refiriéndose al contentísimo perro, que se apresuró a acercarse a las muchachas para recibir sus caricias. Alice se metió en el dormitorio, se cambió y al salir se dio cuenta de que efectivamente no eran producto de su imaginación—. No sé si Rick estará muy de acuerdo con que yo baje siendo una cuestión familiar —dijo Alice con la intención de que ellas desistieran en su empeño.

—Le llama Rick... —se oyó por lo bajo, como si eso fuera algo muy extraño.

—¡¿Queréis callaros?! —les chistó la mayor y sonrió a Alice, quien se paró ante ellas—. Yo soy Rhonda, y aquí, Ruth, Rosie y Rachel.

—Alice, y aquí, Thor.

Aunque estaba claro que todas lo sabían ya. Movió la cabeza viendo al bóxer perder el culo literalmente entre tanta mujer. Las siguió saliendo del piso y dejando al perro dentro. Doblaron la esquina de la calle y justo cuando iba a salir huyendo de ahí con alguna excusa, tipo tengo la bubónica, un hombretón tan alto como debía de ser Rock, pero algo más corpulento, apareció en la puerta del apartamento. Ese, por lógica, debía de ser Ashton.

—La habéis traído, ¡bien! —dijo este. Les quitó las bolsas de las manos y susurró—: Buenas chicas. —Al pasar estas, Ashton miró a la pelirroja—. Eres un taponcín, casera, y él está en el salón. —Se pegó a la pared dándole paso.

A ella, a Alice esto se le hacía muy pero que muy raro. Tragó saliva y se condenó por no haberse traído a Thor. No es que fuera un superguardián, no por lo menos contra violadores y, sobre todo, no como la Reina de Corazones pero imponía. «De todos modos, los Davis no van a devorarte, aunque no estaría mal que cierto Davis... ¡Alice!».

—Ya habéis traído lo que faltaba de la mudanza y os estoy muy agradecido, pero tengo una cita en unas pocas horas. Os conozco y una vez sentados no habrá manera de que os larguéis, así que por favor... —empezó a decir Rock con la intención de echarlos a todos de su apartamento. Su padre y Ashton abrían la nevera para sacar unas cervezas. Tres de sus sobrinas correteaban por allí, y las fieras de sus hermanas volvían de ir a por helado, trayendo además a Alice. Eso era una invasión familiar, de las pequeñas, pues faltaba gente y ya no podía remediarlo.

—¡Tranquilo, tu cita está aquí! —rio Rhonda dejándose caer en el sofá—. Y es de lo más mona. —Cogiendo en brazos y sentando en sus rodillas a la más pequeña de sus mellizas, Rhonda susurró—: Mark se estaría tronchando ahora mismo.

El apretón de manos que le dio el cabeza de familia casi se la desmiga. Tres niñas correteaban entre sus piernas. A Alice iba a darle un ataque de pánico.

—Hola —saludó ella a un incrédulo Rock.

—¿La habéis traído? —preguntó él, efectivamente incrédulo. «Y no es mona, es... ¡No sé qué es ahora mismo! Tranquilo, Teniente». Y este dirigiéndose a Rhonda soltó—: A ti, hermanita, Mark te habría mandado callar ahora mismo. —Hizo caso omiso de la respuesta. Ashton se había ido de la lengua con eso de que Rock había quedado a cenar y solo a cenar con su casera. Este lo miró durante unos segundos. Si las miradas matasen, el hermano ya sería fiambre—. Lo siento, Alice, han salido a mi madre —trató de disculparse Rick.

—No pasa nada. No me molesta, tranquilo, además vengo por el helado, cualquier cosa por helado —respondió ella. Alice miró de reojo a la mujer que parecía tener unos dos años menos que ella, la mayor y jefazo, Rhonda; y después a Rosie, la pequeña, quien aún no debía de haber llegado a la veintena, probablemente tendría diecinueve o estaría a punto de cumplirlos.

Estaba tensa y aun así Alice le sonreía. Él sabía bien que era tímida, hasta el extremo de que se relacionaba muy poco, mientras que en su familia eran todo lo contrario.

—¿Por el helado? —preguntó él.

—Por el helado, lo juro.

Rock enarcó las cejas, a lo que ella respondió con un enérgico:

—¡Ya te ha dicho que por el helado!

—Sí, viene a por el helado —repitieron las chicas.

—Será solo un rato, Alice, podrás irte cuando quieras —le dijo Rick, pensando en que faltaba la matriarca para rematar la jugada, así como Becky con sus tres sobrinas. En fin, que vinieran los que tocara esa semana. Mark, el marido de Rhonda, hacía meses que ya no estaba entre ellos, pero Rhonda lo llevaba bastante bien después de todo.

Alice no iba a mentir, todos esos Davis le daban un poco de miedo. Con la cucharita meneó la mezcla de helados que acababan de ponerle en el cuenco. Se sentía observada, vigilada, era el centro de atención y ella odiaba ser tal cosa.

—Tú no te has teñido nunca, ¿no? —preguntó Rachel, al tiempo que Rosie negaba como si aquello fuera obvio.

—No —respondió Alice escuetamente.

—Te lo dije —se burló Rosie mientras Ruth intentaba quitar las pepitas de chocolate al helado de *stracciatella*.

El coronel Davis instruyó a Alice:

—Ashton, Rick y Rhonda vinieron primero. Eran pequeños cuando me destinaron a Beirut en aquel peligroso Líbano del 82. Al volver a casa decidimos que no teníamos suficiente con tres —y, señalando a las chicas, añadió—: Estas cosas llegaron una tras otra.

—Para nuestra desgracia, como si no tuviéramos bastante con aguantar a Rhonda —masculló Ashton con la boca llena de helado.

Las collejas de su padre continuaban doliendo, aunque con los años había aprendido bien a esquivarlas. No importaba que le quedaran cuatro años para hacer los cuarenta, el Coronel le arreaba igual.

Su helado se estaba deshaciendo en el estómago del cuenco y la cuchara dormía sobre la mesa. Rock no los quería ahí, a ninguno excepto a Alice. Solo la quería a ella allí, allí mismo. «¿No crees que te estás obsesionando, Teniente? Calla, conciencia». Rock carraspeó hasta tres veces: «¡Fuera todos!».

—Como no queremos molestar y se está haciendo tarde, nos vamos. —Papá Davis debió de leerle el pensamiento y se levantó.

—¿Ya? —pronunció el coro femenino.

—¡Ya! —sonrió el Coronel mirando de reojo a Rock, cuyo agradecimiento brillaba en sus oscuros ojos bien heredados de papá—. ¡Vamos, niñas!

—Me encanta que se me incluya en ese… Vamos, niñas —bromeó Ashton poniendo comillas en el aire, pues él tenía poca pinta de nena.

Alice se tensó cuando llegaron los abrazos y los besos, y se quedó parada en mitad del salón mientras todos desfilaban hacia la salida dejando un rastro de cuencos, cucharas y envases de helados.

—Gracias —dijo Rock al despedirse de sus hermanas, sobrinos y hermano, pero las gracias se las daba sobre todo al Coronel. De no haber sido por él, se habrían quedado todos a pernoctar para seguir interrogando a la pobre Alice. Rock cerró la puerta, tomó aire y giró sobre las ruedas para encararse hacia su casera—. Espero que por lo menos los helados hayan sido de tu agrado.

—Lo han sido —sonrió ella retirando varias hebras tras sus orejas.

—Ya estás aquí y habíamos quedado para dentro de un par de horas. —Davis se apresuró a explicarse—: Quiero decir que, si quieres puedes quedarte ya para no volver a bajar luego, eso, al ser la hora que... —«Me estoy haciendo un lío de cojones». Este se frotó la nuca con la palma de la mano y subió por la cabeza, esta vez sin pañuelo que la cubriera.

—Muchas horas juntos —dijo ella sin pensarlo.

—Ya te cansarás.

—Es probable, muy probable —respondió Alice alzando la mirada del suelo para fijarse en los ojos negros. Sonrió volviendo a bajarla.

—Justo lo que estoy buscando, que te canses de mí y me des una patada en mi ensillado culo —susurró él con intención de que le oyera. Los iris azulados lo enfrentaron de nuevo a ella —. Soy sincero, eres una pesada, pero como soy un caballero no puedo darte calabazas.

La sonrisa se agrandó en la cara de Alice y su estómago soltó chispitas que se transformaron en fuegos artificiales estallando en su corazón.

—Para matar el tiempo siempre podemos jugar a las cartas o... pintar rosas blancas de rojo —sugirió ella.

—Quiero que mi cabeza continúe fija en mi cuello, que no ruede...

—Puede que otra que no sea la tuya lleve tiempo rodando —chinchó la mujer.

—¿Así que Alice no es la única loca?

—¿Y quién no está loco hoy en día? —continuó provocando Alice.

—¿En el país de las maravillas?

—No hace falta que sea allí, aquí ya hay un par de lunáticos.

—O por el contrario muy cuerdos, puede que los locos sean

los cuerdos y los cuerdos los locos...

—Ahora explícame la teoría de la relatividad —pidió ella cruzándose de brazos.

—Prefiero echar esa partida de cartas... —dijo Davis entrecerrando sus oscuros ojos—. No suelo perder en nada —dijo finalmente haciendo chasquear su lengua.

—Demuéstralo.

¡Allí va, allí va! el *wide receiver* preparado, completamente listo para recibir el pase y...

Alice estaba bocabajo en la cama, envuelta en las sábanas arrugadas, su brillante y pelirrojo cabello dormía sobre los almohadones algo más despeinado de lo habitual, el aroma a sexo flotaba en el ambiente dominando el aire del dormitorio.

...Jerry Todd avanza al recibir el balón y...

La mujer entreabrió los ojos con la sonrisa aún somnolienta iluminando ya su rostro.

—Hola —susurró antes de morderse el labio inferior.

—Hola, buenos días —respondió Rock dejando de acariciarle la espalda para bajar la mano hasta un lado de sus anchas caderas, anclarla y aproximarla a su cuerpo ladeado en el colchón, torso contra cálidos globos. Ella continuaba sonrojada y olía tan bien...

Touchdown!

T–O–U–C–H–D–O–W–N!

Ni las grabaciones de la **NFL** lograban despejar la mente de Davis, no podía desprenderse de la imagen de Alice. Se sentó en la cama, aplastó las manos contra su cara y golpeó su nuca contra el cabezal. «¿Por qué cojones sueñas hasta despierto con ella? ¿Por qué estás colgado de Alice, soplapollas? ¿Cómo puedes ser así de capullo? ¡No es tu tipo! Y aun así es tan...». Enderezó la testa y la echó hacia atrás, dándose un doloroso golpe que le removió el cerebro. «¡Coño!», maldijo apretándose la cabeza con ambas manos. «¡Mierda! Puede que no sea mala idea eso de declararme... Sí, sí, soy un partidazo. Otro golpe no me vendría mal. ¿Cómo va a negarse?». Su vida ya era bastante complicada como para ponerse a hacer tonterías. ¿Acaso era él el príncipe azul? Un príncipe azul que en vez de cabalgar un brioso corcel montaba una reluciente silla ortopédica. «¡Déjate de gilipolleces!». Salió de la cama directo a su majestuosa montura. Era casi mediodía y no había hecho nada de nada excepto mirar, eso sí, sin apenas ver, vídeos antiguos de la **Superbowl** para intentar dejar de pensar de todas todas en su dichosa casera.

La noche anterior se había acostado con las mallas deportivas, que se ajustaban a sus muslos y llegaban unos diez centímetros por encima de sus rodillas, y nada de camiseta, porque siempre despertaba con ella adherida a su pecho de lo mucho que Alice le hacía sudar en sueños. «¿Quién mierda será ahora?». Iban a fundirle el timbre, así que Rock hizo el recorrido hasta la puerta a toda velocidad. Al ver la cara de un jovencito a través de la vidriera, abrió de golpe.

—Pagarás tú al técnico, porque me has jodido el timbre.

—No, señor —balbuceó el chaval, asombrado por la visión de todos aquellos blancos, negros y grises con el sagrado corazón espinado a todo color situado en el centro del amplio pecho—. Lo siento, señor. Traigo esto para la señorita Alice Garrison. —El chico se había aprendido el nombre de memoria. Leyó el *Semper Fi* en uno de los antebrazos de este y extendió el sobre.

—¡Si está en su casa, hombre! —despotricó Rock de mala gana. Se oía la música desde allí abajo. El Michael Bolton de siempre, una pesadilla más para Davis.

—He llamado varias veces, pero no abre la puerta, señor.

—Estará tan centrada en su trabajo que no se entera, y como además tiene la música poco alta… —Rock agarró la carta—. Ya se la doy yo. ¿Tengo que firmarte algo, chico? —Enarcó las cejas mirando al muchacho, que no apartaba sus ojos de él.

—No, señor, me dijeron que procurara dársela en mano, aunque no está certificada ni nada.

—Entonces, ¿qué pasa? —Rock sacudió repetidamente la cabeza. Se cuadró de hombros, no le había dado tiempo ni a ponerse la camiseta.

—Molan —respondió el muchacho señalando los tatuajes. Tardó, pero al final Rock se rio.

—Todavía eres muy joven para llenarte de tinta. —Siempre había monedas en el fondo de cualquier bolsillo de sus pantalones, pero seguía con las mallas, así que agarró una que estaba en la repisa de la entrada y se la tendió—. Toma, lárgate y no pienses más en tatuarte, no todavía, mocoso. —Posiblemente en verano y festividades el chico repartía correo para sacarse un pequeño sueldo. Davis giró la carta entre sus dedos—. ¡Un día estallará una bomba y Alice ni se enterará! —exclamó volviendo al pasillo. Se metió en la ducha y una vez bien seco se vistió. Ya en el ascensor y con la carta en la mano resopló. Tratar de no empalmarse teniéndola delante era muy complicado, por no decir casi imposible, y como ella era tan inocente y tan yupi no se daba ni cuenta.

Las puertas se abrieron.

—¡No te lo pido! ¡Esto es lo que hay! ¡Vamos, Alice! ¿Quién te va a querer si no yo? —chilló encarándose a ella y señalando la puerta cerrada del invernadero, donde Thor arremetía con sus grandes patas sin dejar de ladrar—. ¡¿Esa cosa tal vez?!

Tamizando la atronadora música del resto de sonidos, Rock tenía claros varios de ellos: uno, *Slimer* Thor ladrando como un loco y encerrado; dos, la voz de pito de un «capullo»; tres, y lo peor de todo, Alice llorando. Sus negros ojos divisaron la figura masculina que salía del dormitorio. Davis se aseguró de que la llave seguía en la cerradura del ascensor, pues hasta que él no la quitara las puertas no se cerrarían. Movió la silla contra una de las paredes y la pegó a ella.

—¡¿Quieres tirarte el resto de tu vida sola?! Tengo corazón y voy a sacrificar mi vida para que no pases tú la tuya sola! —Pateó la pelota roja perruna de goma que estaba en su camino.

—¿Se puede saber qué coño pasa aquí?

Al oír la voz atronadora de Rock, Alice salió del dormitorio y, sin creerse lo que estaban viendo sus ojos, se dejó caer a un lado de la puerta. No podía hablar, no era que no quisiera, es que estaba atónita.

—Pero... ¿quién...? —El intruso miró a Alice y después a «ese tío», que por lo menos debía de ser portero de una discoteca «chunga».

—No, no... ¿Quién eres tú y qué coño pasa? Y más te vale cantar rápido, capullo, porque la has hecho llorar y yo parto bocas por mucho menos. —Rock se había incorporado. Equilibró el peso de su cuerpo al recostarse contra la entrada del ascensor, apretó las mandíbulas soportando el dolor que nacía en sus caderas y subía ferozmente hacia su cabeza.

Ese tío podía partirle en dos con un apretón de brazos. De nuevo la miró a ella y después al otro. Vio las placas que colgaban de un cuello macizo y el rapado casi total de la cabeza.

—Nada, no pasa nada —contestó preguntándose qué hacía un marine en casa de Alice, en la futura casa de ambos.

—¿Y por qué cojones llora si no pasa nada? —gruñó Rock. Probablemente ese tipo estaría pensando que él estaba rabiando, y ciertamente lo estaba. Sentía una mezcla de dolor y cabreo al preguntarse por qué la había hecho llorar—. Date media vuelta y lárgate antes de que te atice. Vamos, saco de mierda, sal por esa puta puerta.

Davis miró a Alice de reojo.

—¡Pero si es mi casa! —gritó el otro apuntándose con un dedo—. ¡Quiero una explicación, Alice!

Davis tenía que actuar rápido, iba a desplomarse de un instante a otro. Frunció el ceño y la miró, esta vez directamente, dejando claro que no abriera la boca.

—¿Explicación? Tío, ¿eres imbécil o qué te pasa? Entras en casa de tu exnovia y no te extraña ver ropa de hombre en el cesto de la colada recién traída de la lavandería. —Se forzó en reír, una risa cruda y rasposa. Gracias a Dios que Alice se había prestado a ir ella a por la ropa de ambos mientras él se ocupaba de la cena la noche anterior y, sobre todo, gracias a él mismo por olvidar su propia ropa allí—. Bueno, ahora que lo pienso, ojalá hubieras venido ayer por la noche a tocar los huevos, más que nada porque no te hubiéramos abierto la puerta; demasiado entretenidos follando.

Estrenando su estado de exnovia, ella abrió mucho mucho los ojos, tanto como le fue posible. «¿Había dicho fo..., fo..., follando?». La pobre iba a estallar en llamas, estaba más roja que el vestido que llevaba.

—Alice, ¿es eso verdad? —No sabía qué pensar. La ropa estaba sobre la encimera de mármol de la cocina, bien dobladita en el cesto. La mujer estaba muy rara, hasta hacía unas semanas había continuado arrastrándose tras él para retomar su relación a pesar de todo. Puede que aquel tío dijera la verdad. Volvió a mirarlo. ¡Pero es que le parecía mentira!—. ¿Es tu, tu nueva pareja? ¿Por eso no querías volver?

Rock sentía las piernas flaquear, pero con fuerza de voluntad se enderezó y controló el temblor. No obstante no podría aguantar mucho. Llenó sus pulmones de aire, al inhalar fuertemente, y dentelleó:

—Uno ya no puede ni bajar a comprobar un par de cosas, que ya se te mete un soplapollas en casa. ¡Pues claro, gilipollas! ¡Soy su jodido novio y, por cierto, muy celoso y posesivo! —gritó Rock y gruñó de nuevo. Pero no lo hizo para asustarle, lo hizo para soportar el peso de su propio cuerpo, ya que por el dolor iba a caerse de bruces, un poco más e iba a caerse de bruces—, así que si vuelvo a verte por aquí o incluso por los alrededores te partiré las piernas, y ni se te pase por la cabeza siquiera llamarla. ¡Fuera de mi puta casa, capullo! —El sudor se escurría por sus sienes, Rock resopló como un caballo desbocado.

—Vamos..., vete, por favor —imploró Alice, empujando a

Hugh hasta sacarlo de la casa. Bajó la cortinilla de la ventanita de la puerta y al oír el golpe contra el suelo corrió hacia el ascensor—. ¡Rick!

—Mierda, mierda. Eh, eh, eh. Tranquila, tranquila. —Apretó las manos contra el suelo frío. Las de Alice le arropaban ahora los hombros, su aroma de mujer le embriagaba. Rick logró sentarse y se arrastró hacia atrás hasta que su nuca se apoyó en la pared del ascensor, al lado de la silla—. ¿Estás bien? Eh…, ven aquí, pequeña.

Se suponía que eso debía preguntarle ella a él, pero, al acuclillarse Alice a su lado, Rock la prendió hasta sentarla sobre sus doloridas piernas y la meció contra sí; sus labios besando la pelirroja coronilla.

—Tranquila, te pones muy fea cuando lloras. Ya está, ya pasó todo, tranquila.

—Eres tú el que se ha caído, pero…, pero soy yo la que llora. —Lo hacía de tal manera que le había entrado hasta hipo. Alice cerró los ojos y frotó la húmeda cara contra el pecho de él—. ¿Te has hecho daño? —«¡Alice, Alice, no te enamores de tu *vecinoalquiladodeabajo*!».

Lo estaba empapando, mas él necesitaba tranquilizarla y protegerla. «¿Protegerla? ¡Oh, sí, señor, desde la silla puedes protegerla muy bien en tus vastos dominios!».

—Claro que no, no me hecho daño, tranquila. —Su entrenamiento sobre cuándo y de qué modo mentir funcionó a la perfección. Otro beso al ella asentir. No se pudo resistir, apartó el cabello mojado del rostro lloroso para acariciarle la mejilla.

—¿Solo puedes ponerte en pie o también caminar? No, no me respondas si no quieres.

Nunca habían hablado del accidente, es decir, ella era consciente de que había sido herido estando de servicio en Irak, pero no de lo que lo ocasionó, no de lo que le dejó en silla de ruedas.

—No, no puedo caminar exactamente, pero sí ponerme en pie. ¿No se te hacía raro que tardara tan poco en ducharme?

—Sí, un poco. ¿Te pones de pie en según qué situaciones? —Alice abrió los ojos y alzó ligeramente la cabeza. «¡No te enamores de tu *vecinoalquiladodeabajo*!».

Su mano continuaba acariciándola, a la par que la otra comenzaba a fregarle la espalda por encima del vestido de punto rojo.

—Eso es, la lesión me impide caminar, pero al haber desarrollado tanto la musculatura tengo la fuerza suficiente para ponerme en pie cuando es muy necesario. —Esta vez Davis le acarició la cara con ambas manos, retirando con sus palmas toda la humedad de las lágrimas. Alice parpadeaba, asentía...

—. La explosión me jodió la columna. —Él tragó saliva para poder proseguir con la explicación—: No quieras saber la de veces que me han metido en un quirófano para hacer el gilipollas. No voy a poder volver a andar, y con el paso del tiempo ya no podré ponerme en pie como hace unos minutos. Pero, oye, las cicatrices de metralla quedan muy *sexys*.

Una media sonrisa se dibujó en sus labios. No podía quejarse, él había tenido suerte dentro de lo malo, no como su cuñado Mark.

Tenía algún hoyito en el lado derecho de la cara y cicatrices en los brazos y sobre todo en las piernas, aunque lo que le hacía *sexy* de verdad no eran las cicatrices, que claro que tenían su aquel, sino esos ojazos negros y la sonrisa. Él era *sexy* de por sí.

—¿Quieres quedarte? —preguntó la mujer.

—¿A comer?

—Sí, después podríamos ver una película o jugar una partida de **Scrabble**.

De mala gana se apartó de su torso y bajó la mirada. Con él se estaba atreviendo a cosas con las que antes no se hubiera atrevido, como enfrentarle la mirada.

—Comemos y después vemos una película, menos *Los Cazafantasmas*, con tener a *Slimer* por aquí basta.

—¡Que no se parece a esa cosa verde! No le llames así, pobrecito —replicó ella mirando a Thor espatarrado y ahora completamente tranquilo al otro lado del cristal. Rock empezó a carcajear, por lo que ella le soltó un manotazo.

—*If there's somethin' strange in your neighborhood. Who ya gonna call? Ghostbusters! If it's somethin' weird an' it don't look good. Who ya gonna call? Ghostbusters!*

Alice no sabía si reírse también o atizarle tan fuerte como pudiera, y él, él carcajeaba mientras intentaba medio cantar la estúpida canción de la película. Ella miró de nuevo a Thor, que ni se inmutaba, y otra vez a Davis, a quien replicó riendo:

—¡Idiota!

Rock dejó de carcajear, extendió las manos para acariciarle la cara y le susurró:

—No dejaré que ese soplapollas te haga llorar otra vez.

—Eres mi héroe —sonrió ella.

—Algo así, pero sin llevar calzoncillos por encima de los pantalones ni vivir en una **Batcueva**.

—Llevábamos juntos desde el segundo año de universidad, pero hace unos meses se acostó con una de sus alumnas en nuestro apartamento, en nuestra cama para ser más concreta.

Al pillarlos, me dijo que quería dejarlo, y tuve que marcharme de casa para que la pudiéramos vender. Con el dinero de mi parte compré esto y Charlize me aconsejó ir a la perrera a por algo de compañía. Me traje a Thor. —Alice se peinó un molesto mechón hacia atrás preguntándose por qué le estaba contando todo eso. Suspiró—. No me malinterpretes, tenía claro que no íbamos a casarnos ni nada por el estilo, pero tenía la pequeña esperanza de poder tener algún día algo parecido a una familia. —Ella omitió el dato que desde la aparición de Rock ya no se arrastraba para que Hugh decidiera volver con ella.

—¿Una familia?

—Soy hija del sistema.

—No me importaría regalarte a mis hermanas y a mi madre también.

Él se había hecho cábalas sobre la posibilidad de que ella no se llevara bien con sus familiares y por eso no había nada relacionado con ellos en la casa.

—Tus hermanas me caen bien, son muy... alegres.

—Chillonas, cotillas y pesadas —sentenció él.

—Alegres.

—Supongo que ya te deben haber dicho millones de veces que tienes unos ojos preciosos.

Él acarició con el dorso de los dedos de su mano derecha uno de los suaves pómulos de la pelirroja.

—Me han dicho que eso es lo que me salva del resto de mí —susurró Alice, apenas sin respiración debido a la caricia de este.

—Otra gilipollez como la de hacer dieta.

Rock alejó sus manos cuando ella giró la cabeza, rompiendo el contacto ocular y las caricias. Se recostó de nuevo en la pared y suspiró. Quedaba claro que era una amistad lo que ella buscaba, mientras él no hacía más que rastrear algún indicio de otra cosa que no existía.

—Bueno, ¿hacemos eso?

—Vale. —«¿Y si juego todas las cartas? ¿Si me lanzo a sus labios y que sea lo que Dios quiera? No, es una mala idea, Alice». Pero la timidez dejó clara su postura, Alice no iba a hacer nada de eso. Tirarse a la piscina de cabeza podía ser muy peligroso y ella quería conservar la cabeza en su sitio, ni la Reina de Corazones iba a conseguir que esta rodara.

Agarrando con fuerza el asiento de la silla ortopédica, Rock logró incorporarse para sentarse en ella.

Comieron tal como habían quedado, pero decidieron cambiar la película por el Scrabble. Alice dejó pasar a Thor al salón. Jugaron un total de cuatro partidas en las cuales ella fue la ganadora. La noche cayó rápidamente.

Como siempre, las horas se le pasaban volando hablando con ella de cualquier cosa, cualquier tema era bueno. Ella estaba recogidita en el sofá, rodeándose las piernas con los brazos, el cabello ligeramente despeinado, sombras de barro que semejaban no borrarse nunca de su piel y con aquel rubor permanente en sus mejillas. Davis no quería irse nunca, se quedaba mirándola, simplemente mirándola. Estaba empezando a sentirse embrujado por aquella hadita.

—¿Qué hora es? —preguntó Alice.

—No lo sé —y de hecho no le importaba nada de nada. Siguió la mirada de ella hasta el reloj de la cocina.

—¿Cenamos?

—¿Tienes tiempo? —dijo Alice sin querer emocionarse, pues cabía la posibilidad de que él no pudiera.

—Para cenar y ver esa película, sí.

—¿Yo, a por la cena y tú, a por la película? — le faltó dar un brinco. Alice sonrió ampliamente.

—Hecho —convino Davis.

Lo volvía loco. Esa sonrisita, los ojos esquivos. Él estaba acostumbrado a otra cosa y Alice le hacía perder la chaveta. Le sentaría bien el aire fresco y luego volvería con ella estando más tranquilo. Solo serían unos veinte minutos.

Salieron juntos de la casa. Él fue calle abajo y ella calle arriba.

Desperado no, *Pecado original* menos. Todas las películas que veía en los estantes tenían escenas de cama bastante explícitas: *Instinto básico* «¡ni hablar!», pensó; *Infiel, Nueve semanas y media...* No es que le diera corte verlas estando ella, pero... No quería tener una erección de caballo con ella a pocos centímetros de su cuerpo. En realidad con Alice más o menos cerca vivía con algo parecido al **priapismo**. Sin buscar más y con la cinta en la mano, que no sabía cuál era, pues ni la había mirado, se movió hasta el mostrador. Alquiló la película y regresó. En la puerta de casa coincidió con Alice, que llevaba las bolsas con la cena.

—Joder —espetó Rock, una vez hubieron acabado de cenar y a punto de pasar el DVD al aparato.

—¿Qué? ¿Está vacía la caja? A veces pasa, el chico me conoce. ¿Voy corriendo? —preguntó Alice, dejándose caer en el mullido sofá con el estómago felizmente lleno.

—No es eso.

—¿Está equivocado el DVD?

—Yo me he equivocado de película.

—Si no es de zombis ni de vampiros, por mí vale.

—No, no tiene nada de eso. Si no te gusta, la quitamos —carraspeó Davis con los ojos puestos en la carátula de *El color de la noche*. «¿No había más películas que escoger para no tenerla dura como una roca, Teniente?». Ojalá hubiera alquilado algo tipo *Lo que el viento se llevó*. Se estaría durmiendo y listo, pero es que ahora no dejaba de apretar las muelas y tratar de pensar en otra cosa mientras las escenas eróticas se sucedían. Si la miraba, notaba sus pelotas decirle que necesitaban liberarse; si no la miraba a ella y miraba la tele, su cabeza reproducía esas escenas con Alice. Esto era peor que si te clavaran agujas bajo las uñas. «¡Guantánamo sería el jodido paraíso, Teniente!».

Ella retuvo el aire, encogió las piernas contra su vientre tanto como le fue posible. La falta de sexo ya era más que patente y obviamente Davis no iba a solucionar ese problema. Rezó porque se acabara la película, los gemidos de la cinta retumbaban en su cabeza y se transformaban en los suyos propios, que sin poder salir de su boca se manifestaban en el interior de su cerebro de una forma agónica. «Te ha visto llorar, medio desnuda, despeinada… Díselo, dile que te mueres por sus huesos y que quieres que te dé sexo del espacial. Eso, espacial, justamente, nada de especial, sino espacial, del que te hace despegar hacia las mismísimas estrellas. ¡Díselo Alice!». Ella lo miró a pocos centímetros de su cuerpo, también sentado en el sofá, abrió la boca.

—Reconozco que no…, que no es una de mis películas favoritas, pero es bastante entretenida; sí, mucho. —Rock fue hasta la mesita, encendió la luz y recorrió la distancia hasta el aparato de DVD. Sacó el disco y lo metió en la caja. Necesitaba una ducha de agua fría, congelada. ¡Ya!—. Tengo que salir, Alice, mañana nos vemos. —Mentira, esa noche no iría al centro de rehabilitación, más que nada porque no quería partir la camilla con la mega erección que tiraba malvadamente de la tela de sus pantalones. Asegurándose de que en ningún momento quedara de frente y ella viera lo que le había provocado entre las piernas, se apresuró a ir hacia el ascensor.

Alice cerró la boca. Había estado a punto de pronunciar su nombre, pero… ni buenas noches. Se quedó allí sentada varios minutos pensando que la vida estaba para vivirla, sobre todo después de no vivirla durante tanto tiempo. No hacía ni tres meses que conocía a Rock. Su aparición fue el hito que separaba su vida entre el antes y el después. Ahora comenzaba a vivir de verdad, a reírse sin preocuparle demasiado qué pensaría el mundo.

Él invirtió la hora de recuperación en su pequeño gimnasio, machacándose hasta que sintió los músculos doler. Se dio una ducha y en ella terminó consolándose, para que por lo menos durante unas tres horas la imagen de Alice sin ropa le dejara dormir.

Ya en la cama, y en la penumbra del dormitorio, abrió los ojos al oír como las puertas del ascensor daban paso a los pequeños pies desnudos de Alice y su inconstante y nerviosa respiración llenaba el aire. Rock giró la cabeza sobre la almohada, esperó a que ella llegara y al adivinar su silueta en el umbral de la puerta preguntó:

—¿Qué pasa? ¿*Slimer* Thor ha decidido no protegerte esta noche? —«¿Por qué puñetas susurras, Teniente? ¿A quién vas a despertar?».

Sus ojos se adaptaron rápidamente a la penumbra, ya que las cortinas de algodón filtraban bastante luz roja del letrero luminoso del hotel de enfrente. Alice iba en camiseta de tirantes y *minishort*. Apreció los muslos generosos, al igual que las caderas, unos pechos en su sitio, ni demasiado grandes ni demasiado pequeños. Una trenza al lado derecho de la cabeza le daba un cierto aire de **Lolita**. «¿Cuánto tiempo vas a soportar hacer como si nada? ¡Oh, no! Eres su amigo, amigo que quiere follársela, pero su amigo...».

—Quiero meterme en la cama contigo, quiero que me protejas tú. Eres mi héroe, ¿recuerdas? —ella avanzó.

—¿En la cama para dormir conmigo? —preguntó Davis del todo atónito. «No eres el Capitán América, solo eres un Teniente y además lisiado, pero, claro, quieres beneficiártela. Le dirás que la supererección que está a punto de rasgar la sábana es espontánea... Muy bien, señor polla tiesa. ¡Quiere dormir! Acurrucadita y esas cosas, tan solo como una buena amiga». Davis se ladeó en la cama, más que nada para hacer menos visible cómo el **Empire State** levantaba la manta.

—¿A qué tienes miedo, Alice? Hay una alarma muy buena y no vivimos en el **Bronx**.

Alice sacudió la cabeza, juntó las manos y las frotó nerviosamente entre sí. Su tono de voz bajó, sin embargo, fue claro:

—Sí, en la cama contigo y, si preguntas de qué tengo miedo ahora mismo, es de ti.

—¿De mí?, ¿miedo de mí? —Davis no entendía nada de nada. Se estiró hacia arriba en la cama y apoyado en el cabezal le dio al interruptor de la luz en la mesita de noche. Ahora era completamente innegable, eso no era una tienda de campaña, era el **tipi** del jefe de la tribu. «Suéltalo, dile que has intentado comportarte como su amigo, solo como el *vecinoalquiladodeabajo*, pero la verdad es que llevas pajeándote pensando en ella desde ya no sabes ni cuándo. ¡Pero díselo ya, hombre!».

Tarde, los ojos azules ya estaban en el tipi.

—Alice, estoy cansado de fingir que... Alice. —Él tragó saliva y se sintió más tonto que nunca.

La trenza se deshizo liberando el cabello y las dos piezas de ropa cayeron dejando a la vista tan solo piel...

Él estiró su mano derecha para acariciarle los nudillos; luego, sus recios dedos subieron a la muñeca y la atrajo directa a la cama. Rock quedó ladeado sobre el colchón y Alice boca arriba. Le soltó la muñeca. Gracias a su altura y la posición, tenía una buena visión de ella. Trepó con la mano por el brazo de la mujer y de allí hasta una mejilla, pasó el reverso de los dedos y sintió arder la piel.

—¿Miedo, miedo de mí? —repitió la pregunta.

Los ojos azules estaban acuosos y brillantes mientras lo miraban. Él recorrió su pómulo, el tabique nasal, pasó al otro lado de la cara y descendió por ella hasta los labios, y de ellos al mentón. Ante el asentimiento de esta, bajó por la garganta, lenta, muy lentamente, hacia el esternón, y un tanto más abajo se alzaban aquellas montañas de crema coronadas por rosadas areolas y picudos pezones.

—Miedo, sí, de ti —respondió la mujer con un leve suspiro. Dio un respingo cuando él recorrió la forma de su pecho derecho, trazó un círculo alrededor de su areola y finalmente pellizcó suavemente el pezón.

—Me gustaría saber el motivo —dijo Davis. El abdomen sin planicie, una suave curvatura muy agradable en la mano. No era una de esas mujeres huesudas y había pecas hasta alrededor de la hendidura del ombligo. La palma acarició la forma de las caderas.

Ella entrecerró los ojos por unos segundos y se obligó a abrirlos poco después.

—Por lo que me haces sentir —confesó Alice. «Enamorarte de tu *vecinoalquiladodeabajo* no puede ser buena idea».

—Creo que no te he hecho sentir nada, aún. —Davis se inclinó sobre ella dejando la mano en la circunferencia del vientre y posó los labios sobre los de Alice. Notó el temblor en ellos y el calor traspasando a los suyos. La boca sonrosada se abrió para dejar pasar un largo suspiro. Alice tardó un tanto en responder al beso. Beso de los largos, profundos, tiernos y perfectos. Beso que, al poco, comenzó a tornarse caliente y mucho más húmedo, y hasta posesivo por parte de Rock. Ella rompió el beso y con la respiración entrecortada abrió los ojos, pues los había cerrado.

Los dedos y la palma abandonaron la curvatura del abdomen y bajaron, no sin olvidarse de acariciar con las yemas el vello púbico en forma de triángulo en el monte de Venus. Índice y anular se escurrieron por los regordetes labios y arribaron a la cremosa abertura. Empujó aquellos dos dedos al interior de Alice, que encorvó el cuerpo entreabriendo algo más los muslos en una especie de ofrecimiento. Su musculatura lo apretó fuertemente. Sus labios volvieron al ataque, besaron la pequeña barbilla mientras ella boqueaba a la vez que los dedos giraban en su interior. —Un poco más, Alice —. Besó justo el nacimiento del labio inferior. Repercutió con aquel par en el sexo de ella, dentro, fuera. Un suave giro y de nuevo bombeó. —Y un poquito, solo un poquito más.

Ella gimió, apretó los muslos en torno a los dedos, que no dejaban de trabajar en su interior. Sus miradas colisionaron, azul con negro. Alice aplastó las manos contra los fuertes pectorales, hincó un poco las uñas. El dedo medio se añadió a la pareja formando un trío en el interior de la pelirroja. Rock asintió cuando ella abrió la boca sacudiendo la cabeza.

—Casi, casi... No lo contengas.

Un giro de muñeca por parte de Rock y con ello las lágrimas se despeñaron de los bonitos ojos de Alice. Los aterciopelados pliegues lo apretaron de tal forma que Davis temió que lo dejaran sin circulación en los dedos.

—Aquí, aquí está, nena, ahora sí, ahora sí te he hecho sentir.

La presión, la tensión en ella aumentó hasta que el remolino cremoso del orgasmo fluyó del sexo empapando la mano sacudida por las convulsiones.

Alice consiguió disipar la neblina que entelaba sus ojos. Sus manos seguían pegadas al pecho de él y las marcas de sus uñas habían irritado algo la piel tatuada. Lo acarició sintiendo un poco de culpabilidad. Aún tenía la respiración entrecortada cuando Rock volvió a cargar contra su boca, tomando posesión de ella. No hubo resistencia, nada de lucha por parte de Alice, no iba a entablar combate alguno si todavía la placentera corriente del orgasmo burbujeaba en su interior.

Soñar, soñar estaba bien; pero vivir, vivir era otra cosa. Vivir era real, la situación era real. Ella era completamente real y él quiso pasar de estar ladeado en el colchón a cubrirla, a estar sobre ella. Lo consiguió. Con la mano izquierda empujó hacia arriba uno de los blancos muslos de Alice, se posicionó entre sus piernas y, sí, la lesión también era muy real. Igual que durante un breve y doloroso tiempo era capaz de sostenerse en pie, también sería completamente imposible hacer lo que pretendía, no al menos de esta forma. Al segundo empujón se encontraría rendido y condenadamente agónico de dolor. «Puta vida. Puta y zorra vida».

—Espera, espera..., Rick, Rick... No, Rick, espera.

Los labios de él apenas la dejaban articular. Sentía el calor masculino, su peso. Alice recostó las manos en la cara de él, lo llamó por su nombre, veía tan cerca los ojos oscuros que la miraban; percibía la tensión en él, es más, la veía bombeando en las venas sobresalidas de las sienes. Notó como se empujaba hacia atrás para apartarse.

—Lo siento, lo siento, Alice.

Davis quedó bocarriba, la cabeza le daba vueltas, un brazo caído al lado de la cama. Se pasó una mano por la cara. Soñar era mejor, en su caso soñar era mucho mejor que vivir. «¿Qué esperabas? ¿Follar como un loco como antes? Antes no estabas condenado a una silla de ruedas. No, ya no eres el Rock Rick Davis de antes». Él miraba el techo porque no se atrevía a mirarla. No se atrevió hasta que Alice sustituyó la visión del techo por la de ella misma.

—¿Qué sientes, Rick?

Ella sabía a lo que se refería y que era completamente absurdo, así que tomó asiento un tanto más arriba de las caderas de él. Fue incapaz de no acariciar aquel despliegue de tinta que cubría los duros pectorales y adornaba también bíceps y tríceps.

—Lo siento, no puedo hacerlo. —No es que no funcionara, es más, esa dichosa erección lo estaba matando, iba a reventar de un momento a otro. Davis apretó las mandíbulas cuando Alice se sentó sobre él. Puso sus manos en las anchas caderas de la mujer. Quería pegarse un tiro o cualquier cosa que le hiciera dejar este mundo, y por consiguiente lo ridículo de esa situación. Negó tapándose la boca con el dorso de la mano. Ladeó la cabeza sobre la almohada para no ver más esos enormes ojos azules. Llevaba semanas durmiéndose con ellos, mirándolos desde la profundidad de su mente. «Tu muy puta mente reproduce esos ojos cada noche y ahora que tienes los auténticos enfrente no te atreves a mirarlos. Es usted un cobarde, Teniente».

—¿Lo siento? ¿Qué es lo que sientes?

Davis tenía la cabeza ladeada, así que ella se reclinó sobre él y aprovechó para besarle tras la oreja y en el cuello. Pequeños y húmedos besos aceleraron aún más el pulso de ambos, que les golpeaba como loco en la yugular. Alice abrió las manos en abanico sobre los pectorales y los acarició con las palmas. Empujó su trasero hacia abajo mientras su boca iba de aquí para allá, prendiéndole la piel en llamas a cada pasada de los labios y la lengua.

—Alice, por favor, lo siento. No, no puedo hacerlo. Me estás poniendo todavía peor y es una putada.

Ella no estaba ayudando a que le bajara la calentura, de hecho lo estaba empeorando todo. Rock enderezó la cabeza sobre la almohada, el cabello pelirrojo estaba esparcido por su pecho, notaba el ligero peso del menudo cuerpo más abajo... Peligrosamente más abajo. Apretó las mandíbulas a la par que elevaba las manos para cogerla por la cara y alzarla.

—No sé a qué te refieres con eso de no puedo —canturreó Alice y sacudió la cabeza, logrando zafarse del agarre, y continuó el descenso. Jamás había visto de tan cerca un vientre con semejante musculatura, y mucho menos había soñado con poder besarlo como estaba haciendo en ese momento.

«Encima me da por temblar. ¡¿Dónde cojones está tu hombría?!». Ella se la diluía, su hombría se disolvía. En cierta forma Alice lo desbarataba por completo. Rock apretó los puños y los dejó caer encima del colchón. Cerró los ojos y retuvo el aire en los pulmones; no obstante, no fue por mucho tiempo. Lo dejó salir roncamente. Primero notó el cálido aliento; luego, un atisbo de humedad y tras eso, la envoltura, cálida y mojada de la boca de ella rodeándolo. Su erección palpitaba en el interior de la boca de Alice.

No estaba planeado, nada de eso lo estaba. Ella emitió un quedo gemido al conducirlo bien atrás en su garganta. Acarició la venosa carnosidad con la lengua y lo protegió de los dientes con la ayuda de sus labios para no dañarlo. Movió la cabeza un par de veces de arriba abajo para que su boca se hiciera con su tamaño, con su rico grosor. Otro gemido, y nada quedo esta vez, cuando sintió la zurda de él en su cabeza liándose con las hebras de su cabello.

La sensación que uno notaba subido a **Son of the Beast** no era nada comparada con eso. «¡A la mierda los *loopings*!», se lamentó Rock cuando la boca de ella le abandonó. Las anchas caderas de mujer sobrevolaron las suyas.

—Sí, me llamo Alice —respondió esta a la invocación de su propio nombre. Le cogió las manos y las condujo abajo, justo allí; las grandes y masculinas manos en ambos lados de sus caderas. Ella sacudió la cabeza a modo de negativa al verle querer decir algo. Agazapó la testa y besó los labios en movimiento, ahogando las palabras con los suyos al besarle.

Había un discurso en su mente, palabras y palabras que querían salir, pero solo era capaz de articular el nombre de ella. Entrecerró los ojos y blasfemó interiormente al sentirla descender, deslizarse suave y lentamente por su sexo. Su erección entraba en ella como un cuchillo afilado y caliente cortando mantequilla.

Tan limpiamente, tan suave, tan pausado, tan... La melena de Alice creó una cortina que los aislaba del exterior. Un microclima compuesto por los dos cálidos alientos y la bruma del sudor de ambos, que empezaba a aflorar en sus sienes.

Alice jadeó, el cúmulo de calor y humedad pulsante en su sexo era enloquecedor. Por primera vez se sentía llena, completa, y eso que en su día había creído conocer el amor pleno y total, pero había estado tan equivocada. Las grandes manos apretaron sus hombros obligándola a enderezarse. Lo miró desde la altura.

Las manos abandonaron las caderas marchando hacia el vientre y hacia arriba, colándose entre los pechos y acariciando la piel repleta de pequitas. Una ascendió hasta el cuello y la otra bajó de nuevo al vientre para volver a subir entre los senos. Davis no iba a soportar mucho más este trote, ella estaba tan estrecha y mojada que aún no sabía cómo lo resistía. Tal vez el verla moverse, con el cabello suelto, las mejillas ardientes, los ojos acuosos y la piel brillante de sudor estaba haciendo que él se obligara a retener su clímax.

El burbujeo del orgasmo floreciendo en la matriz aceleró el ritmo de sus movimientos. Riachuelos de sudor se escurrían por su columna vertebral y a su paso abrillantaban la piel. El aroma dulce de sexo y la transpiración se hicieron por completo con la habitación. Alice se estiró hasta lograr agarrarse con una mano en el cabezal de la cama, apoyándose con la otra en un esternón de acero. Se elevó dejándolo casi fuera de su interior, casi...

Rock estaba en el filo de la navaja. Una vez más tenía ambas manos en las caderas de ella, no se atrevía a tocarla ya más allá. Eso de dejar que una mujer tomara el pleno control de la situación le hubiera resultado divertido hacía un tiempo, pero ahora tuvo que contraer con fuerza el vientre cuando Alice se elevó para casi dejarlo huérfano, y soltó un hondo gruñido creyendo ir a explotar cuando ella se dejó caer de golpe sobre su erección, conduciéndolo tan dentro de sí que la presión en su interior se quebró. Adiós al autocontrol. El esperma hirvió en sus testículos y eyaculó, inyectando todo su calor en el vientre de ella.

Alice boqueó dejando sus caderas pegadas a él para mantenerlo en lo más hondo de sí misma. La mano tembló en el cabecero y finalmente se derrumbó sobre el duro torso, donde se encontró con su otra mano. Gimió fuertemente al arribar su propio orgasmo mezclándose con el de Rock, que hacía líquida su matriz.

Él estaba agotado, temblaba de arriba abajo bien zambullido en ella. No obstante, había luchado por no cerrar los ojos, por seguir teniéndolos sobre Alice, mirándola, admirando los blancos pechos que subían y bajaban, el vientre que se movía tirante, al igual que los muslos, antes de que ella se desplomara sobre él. Y cuando eso ocurrió la prendió envolviéndola en sus brazos. Rock la besó en la coronilla, le masajeó las cervicales y la columna, subiendo y bajando por la aún rígida espalda.

Ella parpadeó y frotó la mejilla contra la dura losa del torso. Un suspiro surgió de sus pulmones. La paz gozosa que arribaba tras el orgasmo se hizo con su sistema, lo conquistó, aunque el clímax no era lo único que esa noche había salido victorioso.

Demasiado tarde para repetirse otra vez que enamorarse del «vecinoalquiladodeabajo» era una mala idea, muy tarde. Alice se preguntó cómo afrontaría eso la mañana siguiente. Mañana, mañana no, era ahora, pero ahora mismo; tan solo deseaba quedarse ahí y descansar. Descansar a pesar del sonido atronador del corazón de él retumbando en su oído y con el vaivén de su respiración, que la alzaba y bajaba a cada inhalación y exhalación.

«Conquistado, seducido, engatusado, camelado, enamorado… Vaya, vaya, Teniente. El taponcín le tiene bien pillado por los cojones». Se rio interiormente y negó con la cabeza, dejando otro beso en la coronilla de ella. La sintió adormecerse hasta que su respiración le indicó que, efectivamente, Alice se había dormido. No quería moverla y mucho menos salir de su interior, así que ahí se quedó hasta que el sueño le llegó a él también.

Rock despertó arropado y solo. Se irguió en la cama y miró en dirección al cuarto de baño pensando que Alice estaría en él; pero no, no estaba ahí, ni siquiera estaba en el apartamento. Se pasó una mano por la rapada cabeza. «Vale, el polvo ha sido una mierda, puede haber sido la mejor mierda jamás probada por ti, pero tal vez no para ella, y te ha dejado jodido y completamente solo, gilipollas». Salió de la cama, Davis se vistió sin lavarse la cara, y mucho menos darse una ducha, y se dirigió al ascensor. Le diría que lo sentía, que entendía que ella no lo quisiera como pareja. Posiblemente Alice solo había bajado a por un polvo y él, él... «Tú, maldito capullo, haciéndote pajas mentales sobre una relación sentimental». Tras eso no tendría más remedio que largarse, se negaba a continuar allí sin tener nada con ella, era algo inviable por muy bien que estuviera el apartamento. Nada de amistad, no podría seguir con ello, no después de lo ocurrido.

Las puertas se abrieron y *Slimer* Thor alzó la cabeza de entre sus patas en una especie de: Ah, eres tú, el imbécil sobre ruedas. Davis le enseñó los dientes como de costumbre a modo de saludo.

Alice miraba a través de una de las ventanas que daban

al exterior. Tenía barro reseco en las manos y un poco también en la cara. Sobre la mesa había una pieza fresca. Era un torso masculino a tamaño natural que esperaba para ser envuelto y llevado hasta el lugar donde pudiera desprenderse de toda la humedad y así estar listo para el *bizcochado*, la segunda fase.

Rock la miró allí, quieta, y dudó en si primero llamarla y después acercarse, aunque mientras lo pensaba ya se estaba aproximando. La jaló por las caderas y la sentó en sus piernas.

—¿No tenías sueño? —La envolvió con los brazos y arrimó su cara a la de ella esperando su reacción con cierta inquietud. Temía descubrir indiferencia, deseaba verla extasiada.

—Me desperté con ganas de trabajar y tú estabas tan dormido... Además, no tenía muy claro si te iba a molestar encontrarme en tu cama al despertarte.

Alice se estaba derritiendo metida en la complexión de aquellos grandes brazos. Bajó la mirada hasta su regazo.

—Eh, eh, eh —murmuró Rock, casi aplastándola cariñosamente con un brazo. Con la otra mano le levantó el mentón—. ¿Por qué no iba a querer despertarme contigo en mi cama o donde fuera? —Tras el encogimiento de hombros por parte de ella, le empujó la barbilla hasta que los ojos azules lo miraron—. Era justo lo que esperaba. ¡Si era justo lo que quería, Alice!

—No tienes por qué ser cortés conmigo, soy mayorcita y puedo asumir que fue solo sexo. —Era imposible mirarlo sin que temblara todo su cuerpo menudo. «No te enamores de tu *vecinoalquiladodeabajo*, Alice. ¡A buenas horas!».

—Calla —mandó el Teniente, y mantuvo la sujeción del mentón impidiéndole así que dejara de mirarle a los ojos o tratara de bajar la cabeza. Rock le acarició el cabello zanahoria, algo despeinado como casi siempre. No sabía dónde irían a parar. «¿Quién cojones lo sabe? Por supuesto tú no sabes si es buena idea quererla. No obstante, ¿serías capaz de dejar de quererla? ¡Estarías o muerto o gilipollas, Teniente!».

—No quiero ser un entretenimiento, Rick.

Ya le habían hecho suficiente daño, ya la habían vapuleado más que de sobra. Sin embargo, esta vez todo esto era completamente diferente; la fuerza, casi violencia, de lo que sentía iba más allá de cualquier cosa experimentada hasta entonces. Por eso, por eso mismo el miedo a verse herida era tan aterrador. En el pequeño espacio que él dejaba entre sus dos cuerpos, consiguió colar las manitas y reposarlas contra la dureza de los pectorales, apenas cubiertos por la camiseta de **The Gold's Gym**.

—No eres, ni serás jamás, jamás un entretenimiento. —El asentimiento de Alice no fue suficiente para él. Sin dejar de mirarla a los ojos, aumentó la presión de sus dedos en el mentón y repitió con más énfasis—: No eres un entretenimiento. No lo eres ni lo serás jamás, te lo juro.

El beso fundió todos los plomos de su cerebro e hizo saltar chispitas en su piel pecosa. Alice levantó los brazos y le rodeó el cuello.

La oyó suspirar conforme la besaba, cosa que le obligó a estrecharla más contra sí. Una pena que hubiera que contar con el oxígeno para poder respirar. Le acarició los inflamados y sonrosados labios con el pulgar tras besarla.

—Escucha, nena, no puedes tener el taller en estas condiciones, hay que hacer un poco de limpieza y sé que para ti es el fin del mundo. Yo te ayudo, lo hacemos entre los dos. Y ¿dónde está? —Sus ojos buscaron la carta que debía haberle entregado el día anterior.

—¿El qué? —preguntó ella sin entenderle.

—La carta.

—¡Ah! —La mujer sonrió—. Tranquilo, ya la he leído.

«Se me debió de caer ayer al subir, cuando estaba aquí ese gilipollas», dijo él para sí sintiendo el asco inflamarle las meninges; sin embargo, la sacudida que dio ella a las tiras de su camiseta le sacó de su ensimismamiento:

—¿Qué dices, nena?

—Que sí, que la encontré en el suelo del ascensor, y ahora a lo importante. ¿Qué quieres a cambio? No pienso ir a cenar a ese chino donde dicen que se cocina perro, y mucho menos llevar a Thor a dar una vuelta por allí, no vaya a ser que lo cocinen.

Alice buscó la postura y finalmente apoyó su cabeza sobre el pecho de Rock.

—Pues dicen que la carne es muy sabrosa, y a fin de cuentas a *Slimer* Thor hay que sacarlo a pasear. —La miró tras el pequeño puñetazo en su pecho—. ¿Qué he dicho? —preguntó él queriendo sonar inocente.

—Ya lo sabes —negó Alice viendo su blanca y amplia sonrisa.

—Ven conmigo, ven conmigo a rehabilitación. Es solo una proposición, puedo ayudarte igual. —Davis tragó saliva, pues ya lo había soltado, ya se había atrevido a decírselo.

—¿Puedes cambiar el horario? Sueles ir muy tarde, si pudieras cambiarlo para antes de cenar, luego tendríamos más tiempo y no se harían las tantas.

—Claro, puedo cambiarlo sin problemas... —barboteó sin estar muy seguro de que ella hablara en serio y quisiera acompañarle.

—¿Hoy?

—Empezamos hoy, sí. —Vale, ella hablaba en serio y él sonrió embobado. «Estás sonriendo como un capullo pillado hasta las trancas, Teniente»—. ¿Sabes? Tienes el Cielo ganado.

—¿Tú crees? —preguntó ella con los ojos brillantes cuales gemas azulinas.

—Nena, te estás tirando a un lisiado. Claro que lo tienes ganado. —El nuevo puñetazo sí que dolió—. ¡Eh, eh, eh! No te enfades tonta. —La retuvo sin esfuerzo entre sus brazos cuando ella intentó levantarse—. No te enfades, no te enfades. —Besó su frente, su nariz.

—Pues no digas más eso —respondió esta arrugando la nariz debido al beso.

—Prometido —Levantó de nuevo la cara de Alice para que pudiera besarla—. Te lo he prometido.

—No sé si tengo el Cielo ganado, pero... verlo ya lo he visto —masculló ella mirándolo a través del espeso telar de sus negruzcas pestañas.

—¿Sí? Hay gente con suerte, y dime... ¿puedo saber cuándo fue la última vez? ¿Había angelitos asexuados revoloteando por ahí?

—Ayer por la noche, y no, no vi ningún angelito, a no ser que tú fueras uno de ellos, pero de asexuado...

Por la forma en que él abrió sus oscuros ojos, Alice se dio cuenta de que Davis no esperaba semejante respuesta. Rock interceptó el resto de la frase al besarla. ¡Cuántas veces la había besado ya! Y las que le quedaban, las veces que le quedaban de ahora en adelante.

Davis se encontró con los ojos claros de Mark cuando este lo miró tras colgar el teléfono. En breve saldría de combate, por lo que acababa de hacer su llamada a casa. Rick, a su lado, extendió la mano para recoger la carta que este le tendía.

—No habrá problema alguno, no hará falta que se la entregue.

—¿Sabes lo que más me jode de todo esto?

—Pues no, sargento Mahon —respondió Rick.

—Que tu hermana se dedica a hacer **pastel de pecanas** cuando estoy en una misión, pero cuando vuelva a casa me dirá que lleva mucho rato hacerlo y que me vaya a comprar uno a la vuelta de la esquina, que a fin de cuentas sabe igual.

—Fuiste tú el que se casó con ella.

—Ya, ya, ya, tendría que haber puesto una cláusula en las capitulaciones matrimoniales que rezara: un pastel de pecanas al mes o eso podría costarle el divorcio.

—Ya es tarde, no me jodas, no me hagas entregarle nunca esa carta a Rhonda —y lo abrazó.

Mark, al separarse, le dio unas palmadas en la espalda, se colocó el casco, lo aseguró bien bajo la barbilla y respondió:

—Dios dirá, *hoorah!*

En unas pocas horas Rock había pasado de verle despedirse con aquel grito a ver como Ashton subía la cremallera de la bolsa de cadáveres donde iba metido lo que quedaba de su cuñado. Las lágrimas de Ashton se estrellaban en el material grisáceo de la bolsa, las suyas propias manchaban la carta que el día anterior Mark había escrito para Rhonda antes de llamarla por teléfono.

Rock estaba recostado en el sofá ensimismado en sus terribles recuerdos a pesar de que el tiempo no estaba para perderlo, para derrocharlo. Todo podía cambiar en segundos, había que aprovecharlo minuto a minuto. Él ya cumplía con eso, así que el apartamento de arriba era ahora el taller de Alice y el de abajo la vivienda de ambos. Irse a vivir juntos apenas un mes tras conocerse podría parecer algo descabellado, una locura, pero la vida sin una dosis de eso no sería nada. El teléfono lo sacó de su ensoñación. Se incorporó para colocarse en su silla y descolgó el teléfono que se encontraba a su lado.

—Tú debes de ser Rock; yo, Charlize, la agente de Alice.

Ella no le había dado pie ni a que dijera un simple «¿Sí?». Con el rato que llevaba llamando al apartamento de arriba, sabía que la llamada se desviaría al de abajo y, por consiguiente, sería él quien descolgara.

—Ah, la representante. Hola, Charlize. —Él había subido un par de veces y había paseado por el apartamento para ver si Alice se percataba de su presencia, pero nada—. Tiene la música al volumen de siempre y el nivel de concentración al cien por cien. ¿Es urgente? ¿Necesitas hablar con ella ahora mismo?

—Llamaba porque no sabía si ibais a salir dos días antes de Nochevieja, y para decir que me pasaré si os va bien.

—Que yo sepa no tenemos que salir. Por mí no hay problema, y dudo que ella tenga alguno.

—Ya que no estoy para la celebración..., ¿qué le has comprado?

—¿Que qué le he comprado? ¿Tenía que comprarle algo? Perdona pero no te sigo.

—Pues para ser su novio, o como quieras hacerte llamar, eso de no saber cuál es la fecha de su cumpleaños no queda muy bien en tu historial.

—¿Su cumpleaños? —dijo... aterrado. Tragó saliva, abundante saliva. Se lo había preguntado varias veces, pero ella siempre escurría el bulto y ahora por despreocupado se daba de morros contra la pared—. No será hoy, ¿no, Charlize?

—No te lo ha dicho, ¿eh? No le gusta celebrarlo. Es que siempre ha estado sola o con ese imbécil que ni siquiera se acordaba. Por eso se niega a dar la fecha. —Al oírle carraspear, rio—. Cumple veintisiete hoy.

—¿Hoy? No me jodas. —Rock empezó a sudar, a sudar frío. Pero «¿por qué coño no te has espabilado para averiguarlo antes, *so* gilipollas?». Él odiaba las sorpresas de cumpleaños. La culpa era de «mamá», adicta a todo tipo de celebraciones. Sin embargo, con tiempo hubiera ideado algo para Alice—. Tengo que dejarte,

Charlize. Le diré que te devuelva la llamada, *¿OK?*

No dijo ni adiós; colgó y, soltando el teléfono sobre su regazo, se pasó las manos por la cabeza, ceñida con el habitual pañuelo negro. «Muy bien..., y ahora ¡¿qué coño hago?! No tengo nada, y no voy a comprarle flores ni bombones. ¿Ropa?, ropa no, ropa no». Levantó la mirada para ver la hora en el reloj de la cocina. Faltaba tiempo para la comida, pero no podía llevarla a un restaurante, puesto que a ella no le gustaba demasiado ese tipo de sitios. Al cabo de pocos segundos, descolgó el teléfono y marcó.

Alice silbó llamando a Thor tras apagar el equipo de música. Puso los brazos en jarras mirando como este se alzaba perezosamente.

—¿No tienes hambre? —preguntó alargando ahora una mano para frotar la cabeza del animal, que se pegó a sus piernas. Asegurándose de que todo estaba en su sitio, giró la llave en la cerradura del ascensor, se metieron ambos y bajaron. Al abrirse la puerta, silbó y sonrió al recibir el silbido de respuesta—. ¿Cheers o Forks?

—Cheers, no tardarán —respondió Rock.

—¿Cómo que no tardarán?

Davis salió del dormitorio y la vio frente al teléfono.

—No me mires así, ya está pedido. Si fuera por ti no comíamos hasta la hora de cenar. Eres un desastre de mujer —avanzó él chasqueando la lengua.

—¿Perdona? ¡Si normalmente hago yo el pedido! —refunfuñó Alice devolviendo el teléfono a su sitio. Rick solo la estaba chinchando, para variar. Alice abrió la nevera para sacar un par de cervezas, las abrió y caminó hasta él tendiéndole la que le correspondía—. ¡Que se me caerán! —se quejó, pero este ya la tenía sentada sobre sus piernas, otra vez.

—No puedo cogerte en brazos, como haría si no estuviera jodidamente encasillado aquí, así que te agarro de las caderas y te siento sobre mí.

Sujetando con una mano su botellín, con la otra apoyó las piernas de la mujer bien sobre las suyas. Rock aproximó la cerveza a la de ella y las chocó suavemente.

—Pues un día se me derramará el café hirviendo sobre ti y no será nada divertido —susurró Alice.

Sus pequeños pies flotaban en el aire, lo besó y tras eso respondió al brindis.

—¡Por tus veintisiete, Alice!

Rio al verla atragantarse por la sorpresa. Le golpeó suavemente la espalda para ayudarla a recobrar el aliento.

Ella lo miró sin ser capaz de dejar de toser. La cerveza le había subido hasta la nariz. Ni ella misma recordaba que hoy era su cumpleaños. Nunca los había celebrado con nadie, excepto con Charlize desde que la conocía. Además, no era una celebración exactamente, solo un pedazo de tarta que se comía medio enfurruñada y un «gracias» susurrado a modo de «cállate, por favor».

—No me lo ha dicho nadie, las dos nuevas arrugas de esta mañana dejan claro que hoy es tu cumpleaños. Tu veintisiete cumpleaños exactamente. —Esta vez dio él un trago a su cerveza. Con la misma mano que sujetaba el botellín le limpió el mentón regado de alcohol—. A media mañana ha llamado Charlize para felicitarte y para preguntar si nos vendría bien que viniera un par de días antes de Nochevieja. —Rock giró la cabeza al oír el timbre y, por consiguiente, a *Slimer* Thor ladrando contra la puerta—. ¿Abres tú?

—Sí..., voy yo. —«Así que ha sido Charlize. ¡Quién si no!». Alice cogió la cartera en la repisa de la cocina y fue a la puerta acompañada de Thor, giró el pomo y al abrir se llevó la segunda sorpresa—. Hola, Ashton —tartamudeó sin creerse que él estuviera parado en la puerta.

—Hola, taponcín, y felicidades. —Este se encorvó a la vez que ella se ponía de puntillas para que él pudiera besarle una mejilla—. Supongo que tendréis la decencia de invitarme a comer. —Pasó al lado de Alice cargado con un maletín plateado. Alzó las gafas de sol hasta su rapada cabeza para dejarlas ahí, y saludó a un contento Thor rascándole detrás de las orejas—. Hola, chico. ¿Rock sigue dándote por culo?

—Si fuera por mí, *Slimer* Thor podría irse contigo y con Becky; pero sé que, si lo echara de casa, yo iría detrás y me gusta demasiado como le favorece el barro a Alice.

Ella cerró la puerta tras pagar la comida al repartidor, que casualmente había llegado justo detrás de Ashton.

Sosteniendo las bolsas en las manos, los miró.

—¿Ha pasado algo?

No es que Ashton le cayera mal, pero las veces que había venido lo había hecho acompañado y sin ese sospechoso maletín. Caminó tras ellos sin dejar que ni uno ni otro la ayudaran a cargar las bolsas de comida. Las dejó sobre la repisa de la cocina y esperó la sentencia.

Rock señaló el maletín que llevaba Ashton.

—Allí dentro está tu regalo de cumpleaños, pero primero comemos.

—¿Mi regalo?

Alice abrió la boca para decir algo, pero ellos ya estaban sacando el contenido de las bolsas y llevándolo a la mesa. Tomó asiento y, más que comer, ella les miró engullir mientras charlaban animadamente. Algo le iba cayendo a Thor, tanto por parte de Ashton como de Rock, y este lo degustaba en un mar de babas. Tras acabar, tirar los recipientes de plástico y dejar limpia la mesa, llegó la respuesta a la pregunta de lo que era su regalo.

—Oye, ¿qué puede llevar en un maletín metálico un tatuador aficionado como mi hermano? —Rock la miró haciendo trotar los dedos de su mano zurda sobre la mesa—. Vamos, nena, no me mires así. Tú misma dijiste que te encantaría llevar uno, yo te lo regalo.

—¿Un tatuaje? ¿Dónde yo quiera?

Alice observó que Ashton iba a por papel y lápiz y regresaba a su asiento.

—Donde tú quieras, y además te daré la mano mientras él te lo hace —asintió Rock.

—¿Lo que yo quiera?

Tenía la oportunidad e iría a por ella. Miró a Ashton que jugueteaba con el lápiz.

—Vamos, pequeña, no me voy a asustar. Tú pide, yo hago el dibujo y, si te gusta, lo pasamos a tu piel.

El **Dentyne fire** que Asthon acababa de meterse en la boca disparaba una onda picantemente olorosa.

—No la llames pequeña. ¿Yo llamo pequeña a tu mujer? —le increpó Rock frunciendo el ceño.

—¡Pero es que es pequeña! —exclamó Ashton señalándola.

—Golondrinas.

—¿Qué? —repitieron ambos al unísono mirando a la mujer.

—Golondrinas —dijo Alice de nuevo.

—¿Dónde? —fue la misma pregunta formulada a la vez por los dos.

—Me gustaría una bandada de ellas saliendo de un omóplato y acabando en mi nuca. ¿Os parece mal?

Entendió que era posible, pues Ashton empezó en seguida a dibujar. Ella fue a sentarse en las piernas de Rock.

—No, no me parece mal. A fin de cuentas el tatuaje lo vas a llevar tú el resto de tu vida, debe parecerte bien a ti. —Rock le apartó varios mechones para despejar la zona que iba a ser el lienzo del artista.

—Has dicho que ibas a sostenerme la mano, Rick —suplicó ella enredando los brazos alrededor de su cuello.

—Y eso voy a hacer.

—Promételo.

—Menos arrumacos —protestó Asthon, y deslizó el dibujo por la mesa hasta ellos.

Alice lo alzó mirándolo. Había una bandada de siete golondrinas planeando sobre el blanco del papel.

—¿Es como lo que tenías en mente, Alice? —le preguntó Ashton.

—¡Perfecto! —asintió esta. Dejó que Rock lo mirara también y se lo devolvió a Ashton, que comenzó a calcarlo en el *transfer*.

—Bueno, taponcín, podemos hacerlo contigo tumbada o sentada. —Una vez calcado, Ashton lo dejó sobre la mesa y fue sacando el material necesario del brillante maletín y colocándolo sobre una esterilla.

—¿Dónde? —preguntó Alice a Ashton.

—Te sientas dándome la espalda, así podrás hincar las uñas en la madera conforme te tatúo o tumbarte en el sofá y morder el cojín. —Ashton señaló la silla justo al lado de ella y negó riéndose al ver la cara de espanto de Alice—. ¡Te estoy tomando el pelo, mujer! —Este movió la silla y golpeó el asiento con la mano instándola a sentarse—. De esta manera podrás darle la mano, pero, créeme, no va a hacer falta.

Alice percibió el olor del desinfectante, el sonido de los guantes de goma adhiriéndose a las grandes manos. Se levantó de las piernas de Rock y se sentó en la silla de cara a él y de espaldas al mayor de los Davis.

—Gracias... —susurró ella mientras Rock le desabotonaba la blusa blanca en un principio, pero ahora ligeramente parda por el barro. Se la quitó dejando la espalda desnuda y abrazada solo por el sujetador, del que bajó los tirantes.

—De nada —respondió Rock. Dejó de mirar los ojos azules de Alice por unos segundos para taladrar a Ashton con los suyos—. Tú dedícate a tatuar y solo a tatuar, ¿entendido?

Sus manos aseguraron la tela en los codos para que una vez su hermano colocara la pauta sobre la piel de Alice, ya afeitada y desinfectada la zona, ella pudiera levantarse y mirarse en el espejo.

—Solo tatuar, de acuerdo —rio Ashton. Tras pasar el dibujo a la piel, escrupulosamente rasurada y desinfectada, lo retocó con un rotulador especial. Un trazo por aquí, otro por allí—. Échale un vistazo para ver si es lo que esperabas.

—Míralo tú, Rick —le pidió Alice.

—¿Yo? Nada de eso, levántate, ve al baño y comprueba si te gusta así. —Frunció el ceño al ver como ella se negaba—. Lo vas a llevar en tu piel toda la vida, tiene que gustarte a ti.

—Duele mucho más quitarlos que hacerlos —apuntó Ashton,

a la vez que con un pie arrastraba la silla donde iba a sentarse.

—Si te gusta a ti, me gustará a mí —zanjó Alice.

—Espera... —Rock se desplazó hasta tener la visión del dibujo. El negro contrastaba a la perfección con la blancura de la espalda—. Es muy bonito —admitió, y volvió ante ella y le sujetó cariñosamente ambas manos—. Molesta un poco, solo eso.

—Sí, y dile que tome aire y lo suelte lentamente, así ensaya. —Ashton rio cargando la pistola y sentándose en su silla

—Tatúa —dijo Rock mirando de nuevo a Ashton. Le había entendido perfectamente, en cambio Alice estaba tan atenta al sonido de las agujas que no parecía haber pillado el hilo.

El sonido le recordaba el zumbido de media docena de abejas revoloteando. Alice pensó que tendría que luchar por mantenerse quieta; sin embargo, ni sollozó ni se abrió el labio inferior a base de clavarse las paletas en la carne para reprimir el llanto.

—¿Lo ves? No te estás muriendo —le comentó Rock varios minutos después conforme le acariciaba las manos.

No estaba sufriendo. Ese extraño hormigueo era perfectamente soportable. A veces sentía como leves pellizcos, pero nada más. Se relajó completamente, recostó la cabeza ladeada medio reposando en la silla hasta que llegó el momento de tatuar la nuca. Entonces se colocó de forma erguida aunque con la cabeza ligeramente inclinada hacia delante. —*Ay* —murmuró. Aquí se sentía más la punción del metal, pero fue bastante breve. Es más, mucho antes de lo pensado Ashton había acabado y la envió al cuarto de baño a mirarse. De pie y de espaldas al gran espejo mural, se observó reflejada en el pequeñito que tenía delante. La composición del dibujo era incluso mejor de lo que había imaginado. La silueta de las golondrinas con las alas abiertas y el contraste entre luz y sombras estaban muy logrados. A cualquiera le daría la impresión de que las aves echarían a volar fuera de la piel de un momento a otro.

—Si esa sonrisa significa que te gusta, me alegro. Feliz cumpleaños, cariño —le dijo Ashton al ella volver del baño y sentarse para que él pudiera cubrir el tatuaje.

Alice se giró para besarle la mejilla. Rock la reprendió con la mirada, aunque por dentro también estaba sonriendo. Subió los tirantes del sujetador y cerró la blusa de Alice, ladeando la cabeza para mirar a Ashton.

—¡Eh, eh, eh! ¿Qué es eso de cariño?

—No, el cariño iba dirigido a ella no a ti.

—¿No me digas?

Ashton continuaba mascando chicle a la par que con aquellas grandes manos desmontaba con suma delicadeza la pistola. —¿Lo repito, Rock? —alargó la sonrisa tornándola completamente burlona.

Llamaban al timbre, pero ellos se encontraban demasiado centrados en desafiarse, así que Alice se levantó.

—Voy a abrir.

Caminó siguiendo a Thor, que al abrirse la puerta meneó frenéticamente el trasero con histéricos movimientos de su corta cola. Estaba claro que la mujer le gustaba. Ella tenía la cabeza casi rapada del todo, su cortísimo cabello iba teñido de rubio y llevaba pequeñas estrellas tatuadas a un lado de la sien.

—¿Hola?

—¡Taponcín! —exclamó la mujer en la puerta, y alargó una mano, pues la otra sostenía lo que parecía una caja para tartas, y le presionó cariñosamente el antebrazo—. No te lo tomes a mal, Ashton te llama así. —Bajó la mano para acariciar a Thor—. Soy Becky.

—Eehh…, encantada. ¿Pasas? —ofreció Alice sosteniendo la puerta.

Tenía unas facciones preciosas que casaban muy bien con aquel corte de pelo y los tatuajes.

—Si no lo hago, el **carrot cake** se queda aquí fuera conmigo.

—Mejor que entres entonces, se están retando. —Le cedió el paso y observó como esta, al llegar y dejar la caja encima del mármol de la cocina, a medio paso de Ashton, le daba un escueto beso en los labios y recibía una sonora cachetada en el trasero, apretado por aquellos tejanos negros con ligeros destellos plateados, debidamente rotos según dictaminaba la moda. Tras eso, saludó dejándose estrechar entre los brazos de Rock. Alice se quedó sorprendida por lo cariñosos que eran entre ellos, posiblemente le sorprendía porque ella nunca había recibido tanto afecto.

—He tenido que sobornar a la dueña de la tienda para que me vendiera la tarta —dijo Becky, y abrió la caja tras quitarse la cazadora de cuero y quedarse con una blusa corta de color rosa que dejaba a la vista gran parte de los tatuajes. ¡Le cubrían por completo los antebrazos!— ¡Era la última que quedaba! Estas cosas se planean con tiempo. Podríamos haber organizado una fiesta para Alice. —Becky miró a Rock, recordó que no la había felicitado. Esta corrió hacia ella y, tras estrecharla, le embadurnó la nariz de **cheese frosting**—. ¡Feliz cumpleaños, cielo!

—Gracias —consiguió articular Alice entre el apretón tipo *boa constrictor* que la tenía casi ahogada. Le pareció oír un golpeteo parecido al de las placas de Rick cuando la abrazaba—. ¿Dónde la has comprado? —preguntó a la vez que se quitaba con la ayuda de un dedo la crema de la nariz y la probaba.

—En Betty's, claro está —respondió Becky, se apartó de ella y entonces ordenó:

—¡Nada de eso, Ashton, que conduces! —Becky corrió sobre aquellos altos botines y, agarrando la copa donde este iba a servirse el champán que acababa de descorchar, le indicó hasta dónde. Ella se inclinó para brindar y Alice vio las placas en el escote.

Alice se aproximó para ayudar a disponer las cosas sobre la mesa, brindaron y dejaron nada más que un mísero pedazo de tarta que ella misma y Rock probablemente compartirían cerca de medianoche, justo antes de ir a dormir.

Estuvieron charlando y riendo, hablando de mil cosas. Las horas pasaron en un santiamén. Cuando se levantaron para despedirse, Alice caminó tras Becky y Ashton y en la puerta masculló a la rubia:

—Gracias.

—Ha sido demasiado poco, pero se compensará el sábado —sonrió Becky.

—¿El sábado? —dijo Alice sin comprender.

—Claro, vais a venir, ¿no? —Becky alternó la mirada entre Rock y Alice.

—No sé a qué te refieres ahora mismo... —farfulló Alice.

—Pues a la cena de Nochebuena obviamente.

—Venís, ¿no? —preguntó Ashton sujetando la puerta. —No podéis no hacerlo.

—No hemos hablado de ello, os llamaré. —Rock miraba a Alice de reojo mientras movía la mano izquierda disimuladamente indicándole a Ashton que ya hablarían y que empujara a su mujer para marcharse.

—Es que no hay nada de que hablar. Tenéis que venir, hay suficiente espacio para todos en casa, y los niños ya lo saben. —Por primera vez la sonrisa se borró del semblante del primogénito de los Davis—. ¡No podéis no venir, Rock! —conminó haciendo gala de su tono de Mayor.

—Os llamaré, adiós —insistió este sosteniéndole la mirada.

—Adiós —añadió Alice viendo como Ashton tiraba de su mujer. Cerró la puerta y recostándose en ella lo miró asombrada—. ¡¿Rick?!

—No tenemos por qué ir, tranquila.

Este se movió hasta la cocina y guardó el pedazo de tarta que quedaba en su correspondiente caja.

—¿A casa de tus padres?

—He dicho que no tenemos por qué ir, Alice. No es una obligación, nos quedaremos aquí, pediremos medio pavo a Cheers, alquilaremos un par de películas y tres buenos litros de helado **After Eight**.

Cerró los ojos para relajar el tono. No tenía por qué pagarlo con ella.

Alice se sentó en el mismo asiento donde había estado hacía unos minutos.

—Me gustaría ir.

—¡¿Qué?!... ¿Por qué?

—Pues... —Alice juntó las manos en su regazo—, supongo que porque son tus padres y porque nunca he celebrado realmente la Navidad.

Rock exhaló ruidosamente sin dejar de mirarla.

—¿Estás segura de lo que dices? Te van a bombardear a preguntas. Cada vez que mi madre vea que te queda medio plato de comida te lo volverá a llenar. Parece que haya aterrizado un ovni encima del tejado de casa viendo la cantidad de luces que ha instalado y sigue instalando. Sin contar con que pone funda de sofás, toallas y hasta papel de váter con motivos navideños.

Pero la cara de Alice no cambiaba.

—¿Pretendes asustarme? —preguntó ella.

—No.

—Pues, ¿entonces?

—No quiero que salgas huyendo tras la cena porque no podré correr detrás de ti para traerte de vuelta a casa.

Ella se levantó y llegó hasta él, que abría los brazos para recibirla.

—¿Nos quedaríamos a dormir? —y con el sí de Rock añadió—: Si quieres podríamos quedarnos hasta antes de Nochevieja, bueno, para cuando venga Charlize.

—¿Lo dices en serio? Conozco a mi madre desde hace treinta y un años; la quiero, pero...

—¿Me dejas decidir a mí? ¿Cuándo tienes que confirmarlo? —Frenó la respuesta de él y depositó un beso en sus fuertes labios.

—Lo antes posible, pero... ¿qué haces? —Algún botón de su camisa a cuadros rojos con calaveras plateadas se fue arrancado al suelo. Rock no tuvo más remedio que responder al beso. Su camisa, ya completamente abierta, voló por el salón—. Alice, ¿qué haces?

—Te beso. —Pero rompió del todo la unión de sus labios, se puso de pie e inclinándose para abrirle el enganche del pantalón susurró—: Y ahora te desnudo.

—Mejor llamo después..., ¿no?

La hebilla estaba abierta, la cremallera bajada y su erección luchando por rasgar el molesto y prieto bóxer. «¡Qué va, después no! Puedes llamar ahora mientras ella se desviste; pues no, que ya está».

—Sí, creo que mejor si llamas después —convino la mujer.

—¿Te beso otra vez?

Alice se había quitado la ropa en un «plis plas», se le sentó encima, labios contra labios.

—¿No decías que no querías engordar? Lo digo porque tratarán de cebarte.

Por un tiempo, mientras era solo el «*vecinoalquiladodeabajo*», él se la había imaginado vestida únicamente con un lacito rojo esperándole bajo el árbol de Navidad, y ahora la tenía todita para él y, mejor aún, sin lazo. La rodeó con ambos brazos por las caderas. Ella separó del todo los labios de los suyos.

—¿Debería hacer dieta? Si lo pensabas, ¿por qué no lo has dicho antes? —Alice enderezó la espalda de tal manera que las cervicales le debieron crujir se quedó completamente rígida y desnuda sobre él—. Quiero bajar, Rick. —Pero los anchos brazos la apretaron impidiéndole moverse.

—No has entendido. Hablaba de que mi madre y toda la cuadrilla querrán cebarte, y cuando volvamos tú pretenderás vivir a base de zanahoria y apio. ¿Cómo vas a estar gorda?

—¿Estás intentado quedar bien? —preguntó ella frunciendo el ceño.

—Vamos, nena, no me hagas ser basto contigo.

—Di lo que tengas que decir —dijo Alice entre dientes.

—Si pensara que estás gorda, no tendría la polla a punto de reventar.

—¡Rick! —soltó escandalizada. El sonrojo llameó en sus mejillas y hasta un poquito en la pecosa nariz. Ciertamente él no podía mentir sobre eso, lo sentía latir allí, debajo de ella, duro y pulsante.

—Otro beso y me callo —chantajeó Rock.

Ni una palabra más pudo salir de sus labios cuando ella volvió a besarle. Davis tenía el corazón atropellado y bombeando a gran velocidad.

—Eres tan bonita —le susurró—. No tienes ni idea de lo preciosa que eres. No, no la tienes en absoluto.

Ella basculó las caderas empujando hacia abajo para conducirle a su reconfortante y cálido interior. Por extraño que pareciera, desde que él había entrado en su mundo comprendía todas aquellas películas y canciones románticas que antes le habían parecido pura fantasía, como la que reza *The greatest thing you'll ever learn is just to love and be loved in return*. Pues eso, lo más grande que jamás puedas aprender es simplemente a amar y ser amado.

Alice dirigía el baile, aumentaba el ritmo o por el contrario lo disminuía, y las grandes manos de Rock en sus pechos los amasaban presionándole los excitados pezones con los dedos.

—¿Do... dónde vas, Alice? —Con su erección, desesperada por el abandono del ardiente sexo femenino, imploró—: Alice, joder... ¿Qué haces? ¿Dónde vas?

Davis la vio voltear delante de sus narices y volver a sentarse sobre él acogiéndolo de nuevo en su calor, pero ahora dándole la espalda. Cuando ella pegó el cuerpo a su torso, Rock aprisionó instintivamente los dos senos. De nuevo, las caricias complacían la temblorosa carne. Escondió la cara contra el cuello de ella y aspiró su aroma. El orgasmo rugía en su interior, tenía que darle salida, dejarlo surgir del todo y arrasar con ella o con los dos. Sí, con los dos. El espesor tórrido del esperma la llenó, señal para que ella diera salida a su clímax. El torrente impetuoso e incontrolable de ambos sexos se mezcló, derramándose en los vértices de aquel cuarteto de muslos. Alice se quedó inmóvil, descansando contra el torso de Rock, que le repartía caricias por toda la trémula piel.

—Sin el lacito.

—¿Lacito? —preguntó una Alice somnolienta.

—No me hagas caso.

Davis sonrió para sí besándole la coronilla. La quería siempre así, desnuda, sin nada que le impidiera estrecharla y solo sentir su piel. La recogió en su regazo. Alice se liberó, se levantó goteando. Él volvió a recogerla en su regazo, donde la acunó pasándole un brazo bajo las rodillas.

—¿Siesta?

La izquierda acarició las sonrojadas facciones y retiró varios mechones zanahoria pegados a la cara de Alice por el sudor.

—Sí, larga —susurró ya algo adormilada. Ella se acurrucó contra la dura complexión de los pectorales.

—Tan larga como quieras.

—Becky es piloto. Me di cuenta de que te fijabas en las placas. Pilota un **F-15E Strike Eagle**. —Unas pocas millas más y llegarían. Rock la miró de reojo mientras conducía; sonrió controlando el volante con la izquierda, la derecha se movió hacia Alice para descansar sobre un muslo, que acarició, cariñosamente y continuó—: Tranquila, no tengo pensado salir a la carrera cuando menos te lo esperes y dejarte sola con todos esos Davis. Retiró la mano para controlar el volante.

—No eres gracioso, Rick —soltó Alice hecha un manojo de nervios. Habitualmente sí lo era, pero en ese momento no apreciaba su humor. Debido al temblor en las rodillas, al culo inquieto en el asiento, Alice jugueteó con el cinturón que le cruzaba el pecho. Necesitaba un par de tilas en vena ya mismo—. Tenía que haberte dicho que era mala idea.

—Estamos a menos de diez minutos, no voy a dar la vuelta, y creo que es la decisión mejor tomada hasta el momento. Todo saldrá bien. Además ya conoces a más de la mitad, eso te da ventaja. Te cebarán, te preguntarán de qué color llevas la ropa interior y, si te niegas a decirlo, me lo preguntaran a mí. —La miró de reojo—. Rosa perla, ¿verdad?

—Me alegra que me mires la ropa interior, es una buena señal —dijo Alice con tono mordaz antes de volver la vista a la ventanilla topándose de nuevo con el paisaje nevado.

—Te prefiero sin ella, pero no puedo tenerte todo el día de *comando*. —La oyó resoplar y rio—. Vamos, nena, ¿estás intentando ser sarcástica conmigo?

—¿No lo consigo?

—No, señora, no lo consigues.

Quantico se leía bien claro en el letrero de madera. Las calles los recibieron bastante despejadas de nieve y con la iluminación navideña todavía apagada a aquellas horas, pero brillando por la humedad. Un par de minutos más y llegaron a la casa. No era nada lujosa, pero sí muy grande, daba impresión de mucha solidez. Era una de aquellas viviendas de madera recia y muy cuidada que habían sido reformadas y ampliadas una y otra vez con el paso del tiempo.

—¿Preparada? —preguntó él al aparcar frente al gran porche—. Lo sé —rio con el claro no de Alice. Rock desabrochó ambos cinturones—. Tú también bajas, *Slimer* Thor —silbó al perro.

No iban a dejarlo en casa solo. La venganza hubiera sido terrible. Lo habrían pagado el pobre sofá y algún que otro mueble más.

Las botas rojas pisaron la nieve compactada del suelo. Alice iba a abrir el amplio maletero para sacar la silla, pero no le dio tiempo. Retuvo la respiración cuando la puerta de la casa vomitó una avalancha de gente que se le vino encima. Abrazos, apretones, besos y preguntas. Muchas preguntas, al responder una seguía otra. Fue arrastrada, casi llevada en volandas, hacia el interior de la casa para que pasara de la cocina al sofá del salón y de nuevo a la cocina, donde olía a jamón asado y a pavo relleno, aunque el aroma que predominaba en toda la vivienda era el de **pudding** de Navidad y **ginger snaps**.

Rock vio que Alice era como abducida por una concurrencia enfervorizada. Una vez fuera del coche y sentado en su silla, que Ashton había ido a sacar del maletero, le sonrió cuando ella lo miró en busca de misericordia. *Slimer* Thor, como Pedro por su casa, entró en ella a toda velocidad recibiendo caricias y pedazos de galletas.

El Mayor le dio una palmada en el hombro a modo de saludo e hizo ademán de dirigirse hacia la marabunta de familiares para entrar de nuevo en la casa.

—Espera —pidió Rock a Ashton.

—¿Pasa algo? No hace una temperatura ideal como para quedarnos aquí fuera —respondió este.

—Tenemos que hablar.

—¡Oh, chico! Eso suena peor que cuando me lo dice Becky. ¿No podemos hacerlo dentro? —Ashton lo miró frunciendo sus espesas cejas.

—No —respondió Rock tajantemente.

Ashton se acercó para apoyarse en el coche. Se frotó los corpulentos hombros, cubiertos por el grueso material de su *jersey* de cuello vuelto.

—Vale, aquí me tienes —dijo carraspeando.

—¿Por qué le pediste matrimonio tan rápido a Becky?, aunque lo raro es que ella aceptara. —Rock rodó los ojos con humor.

—Lo tenía claro. La quería en mi vida y se lo pedí.

—¿Y ya está?

—Ni yo mismo lo habría definido mejor.

—¿Te dijiste quiero casarme con ella y se lo pediste?

Rock miró hacia los altos ventanales, que a pesar de estar cubiertos por gruesas cortinas no podían disimular la intensa actividad en el interior de la casa.

—Genial y jodidamente perfecto como lo pillas todo a la primera —se burló Ashton.

El otro en su silla resopló sonoramente pasándose una mano por la cabeza recién afeitada. «Se supone que tendría que estar helado. Entonces, ¡¿por qué coño estoy sudando?!».

—¿Cuánto te has gastado? —preguntó el Mayor.

—¿En qué?

—¿En qué cojones va a ser? En el anillo —rio mirando la corona navideña dorada que colgaba de la puerta entreabierta.

Rock clavó sus ojos en él y bajó la voz:

—¿Cómo sabes que lo he comprado?

—Poderes mágicos de hermano mayor. —Respirando profundamente y con una sonrisa socarrona en los labios, soltó—: Deja de comerte el coco, pídeselo, que te dice que no, pues... —Ashton meneó los hombros —, pues no.

—¿Pues no?

—Claro, si te dice no es no, aquí y en la *cochinchina*.

—Cojonudo, no sé por qué me preocupo, si total soy un buen partido. ¡Qué digo!, un partidazo. ¿Por qué narices estoy hablando de esto contigo? —Su hermano mayor, por mucho rango militar de Mayor que tuviera, lógicamente no podía ser de mucha ayuda, ya que este tema no era muy, o mejor dicho, no era nada militar. Rock esta vez frotó más que enérgicamente su cabeza con ambas manos. ¡Se iba a levantar el cuero cabelludo y todo!—. No tiene por qué decirme... —Meneó la cabeza imitando el tono del otro — ...Pues no, o sea, que no.

—La vez que te caíste de la cuna fue mortal para tus neuronas —mencionó Ashton antes de seguir con el tema en cuestión—: Yo creo que sí eres un buen partido, sí que lo eres. En vez de moverte sobre tus piernas lo haces sobre dos ruedas. ¿Qué mujer que se precie podría resistirse a casarse con un tío así?

—Vete a la mierda.

—Rick Rock está enamorado —canturreó Ashton en un susurro.

—Si me dice que no, lo pagaré contigo, Ashton, ¿me has oído? —amenazó Rock viendo a Becky abrir del todo la puerta y preguntar qué hacían allí fuera. Por lo menos ella se preocupaba, el resto de mujeres, incluida su madre, ni le habían saludado, y qué decir de la pareja de american pitbulls. ¡Ni los perros habían venido a recibirle! Total, él no era novedad, lo tenían muy visto, no tenían por qué saludar.

—¡Ya vamos, Becky! —dijo Ashton, y se apartó del coche—. He oído perfectamente tu amenaza. Todo irá bien; además, cuentas con la ventaja de no tener que arrodillarte...

—Capullo —dentelleó Rock sin dejar salir la sonrisa.

Tras él, Ashton empujó la silla y entraron. Ahora sí ya estaba todo el mundo en casa. Nunca hubiera podido visualizar la imagen que había ante sus ojos, estaban todos alrededor de la larga mesa, abarrotada hasta arriba de comida y Alice siendo cebada. Movió su silla para quedarse frente a ella en la mesa. Lisbeth, la pequeña de sus sobrinas, se encaramó a sus piernas para susurrarle al oído.

—¿Qué dices, nena?

—Tiene el pelo naranja... —le dijo la niña la mar de sorprendida. Por supuesto no había muchas mujeres por ahí con aquel tono zanahoria.

—¿Sabes? Más tarde podrías enseñarle tu colección de ponis de pesadilla, seguro que le gusta.

Donde iba Lisbeth, iba la mochila con los ponis, tal cual.

—¡No son de pesadilla! ¡Que **My little Pony** no da pesadillas, tío Rock! —protestó la niña.

Alice frente a ellos elevó las manos para suplicar que no vertieran nada más en su plato, fuera lo que fuera, pero una nueva rodaja de jamón aterrizó en la porcelana decorada con motivos navideños. Se encogió de hombros y lloró internamente. Muy a su pesar tuvo que agradecer más comida. Iba a reventar, estallar en mil pedazos. Hundió el tenedor en la mezcla. Realmente esa mujer sabía cocinar, pero ella había comido para tres meses ya. Lo menos comprensible de todo era que los de su alrededor seguían devorando como si fuera el primer plato.

—Rock dice que tienes el taller en el piso de arriba de donde vivís. Supongo que una de las ventajas de ser escultor y tener tu zona de trabajo tan cerca es que te da mucha libertad, ¿no es así? —preguntó Kresley poniendo alegremente una cucharada de puré de patata y batata en el plato de Alice. La mujer la miró sonriendo al tiempo que tomaba asiento tras haber vuelto a llenar cada uno de los platos de los comensales—. Y me parece, Rock, que soy la única que no ha pisado ese apartamento —añadió

Kresley antes de que Alice pudiera responder a la pregunta.

—Algunos de tus nietos no lo han hecho…, y yo no te he dicho nunca que no vinieras, mamá —dijo Rock sabiendo que ella tenía que hacerse la ofendida. Este pinchó otro pedazo de carne y se lo metió en la boca a Lisbeth, quien por supuesto no iba a estar en su propia silla si podía sentarse sobre su tío y tan solo abrir la boca para que él se encargara de darle de cenar.

—¡Quería que me invitarais! —se quejó Kresley.

—Date por invitada, pero llama antes de venir. Con un mes de antelación será suficiente, mamá.

—Rick… —susurró Alice al oírle soltar aquello tan descaradamente—, siempre hay alguien en casa, así que no hace falta que llame con antelación alguna. Usted no tiene por qué avisar antes, señora.

—Ya te he dicho que nada de usted —chistó Kresley a Alice.

—Mamá, se dirige a ti de usted por educación y porqué eres una persona mayor. —Rock masticó la bola de pan y salsa que se había metido en la boca para poder seguir—: ¿Puedes callarte dos segundos y dejar que te responda a la pregunta que le has hecho antes?

Este sonrió partiendo grandes trozos de **cornbread** para sumergirlos en el **gravy** que nadaba en su plato. Un pedazo para Lisbeth y otro para él. Frotó la mano en la servilleta antes de agarrar el vaso de **cranberry juice**, que acercó a los labios de la niña para que bebiera.

Alice miró a uno y a otro mientras las risas llenaban el comedor, mezclándose con el sonido indignado de la mujer.

—Bueno, trabajo cuando quiero, es decir, con mis propios horarios, salvo cuando hay una exposición —respondió esta por fin, y sacudió rápidamente la cabeza—. Nunca he tenido una individual, una para mí sola. He podido participar únicamente en colectivas. Sí, me permite plantearme la vida de otro modo que si trabajara en una oficina. —Alice hizo un esfuerzo para meterse el tenedor en la boca y deglutir el puré.

—Es un buen trabajo para una mujer con hijos —apuntó Kresley.

—¡Mamá…! —espetó Rock para que no empezara con el tema.

—¿Qué, no quieres hijos? —cuestionó Kresley.

—Yo no he dicho eso… —aclaró Rock, respondiendo entre dientes.

—¿Tú no quieres? ¿Eres estéril o algo así?

Kresley la miró, a ella y a su bonito e inusual pelo zanahoria recogido en una trenza.

—¡No es estéril! —ladró Rock. Por eso en un primer momento no había querido traerla. No es que su madre hiciera esas preguntas con mala intención, era solo que no era capaz de mantenerse callada.

—No, no que yo sepa —respondió Alice justo después de que él hablara. El arroz no se le había pasado y viendo la forma en que él se desenvolvía con los niños, tal vez, y solo tal vez, su reloj biológico podía empezar a sonar como un loco en su interior.

—¿Puedo saber por qué te pones así por una pregunta? ¿Acaso la ves molesta? Ha respondido sin ningún problema. Te ahogas en un vaso de agua, hijo. —Kresley, dando un toquecito cariñoso en la zurda de Alice, preguntó, o tal vez ordenó—: Os estáis preparando para casaros, ¿no? Y después...

—Kresley, deja a los chicos. A día de hoy no entiendo cómo la **CIA** no te tiene en sus filas como interrogadora profesional —ordenó el Coronel, que siempre parecía mantenerse al margen de todo. Así hizo que ella dejara de preguntar.

Alice se relajó y logró comerse lo que quedaba en su plato, aunque cuando vio que tenían intención de llenarlo de nuevo soltó un alto y claro «no», tan rotundo que causó carcajadas en el resto de comensales. Solo faltaba que se tumbara sobre la porcelana para que no se la volvieran a llenar. Qué orgullosa estaba ella por no haberse dejado nada. Poco después se levantó y ayudó a recoger la mesa, por más que le dijeran que no era necesario.

—Lo siento, no lo hace con mala intención —susurró Rock al prender a Alice de una muñeca y tirar de ella hasta que esta se encorvó dejando la bonita cara cerca de la suya.

—Es divertida, me gusta —respondió Alice con completa sinceridad, besando la mejilla de él a su alcance.

Rock la soltó y siguió su recorrido a la cocina con la mirada. Verla entre las mujeres de su familia, sonriendo aun a pesar de aquella timidez que la caracterizaba era verdaderamente perfecto.

—Al suelo —dijo bajando a Lisbeth de sus piernas. Giró la cabeza al oír un «chico» por parte paterna—. ¿Qué?

Rock ya sabía a qué venían esas sonrisas socarronas, a la cara de «imbécil» que se le quedaba cuando miraba a Alice.

—¿Cuándo se lo vas a pedir? —preguntó el Coronel.

Rock chasqueó la lengua fulminando a Ashton con la mirada.

—¿Por qué coño abres la bocaza? —le increpó. Rock volvió la vista hacia el Coronel—. No lo sé, ya veré.

—No me ha dicho nada, es cosa de los poderes mágicos de padre.

—Ja, ja, ja, muy graciosos los dos. Quizás debería invitarla a salir al porche con este frío ideal y pedírselo mañana por la mañana nada más levantarnos, ¿no? ¿Qué os parece? No sería un mal regalo de Navidad, siempre y cuando ella quisiera, de lo contrario se convertiría en una verdadera putada.

Alice salió escopeteada al oír el teléfono sonar en el interior de su bolso. Fue al dormitorio para hablar tranquilamente.

—No conseguía encontrarlo, Charlize. Ahora Rick diría que eso me pasa por llevar una maleta en vez de un bolso. —Ella se acercó para cerrar la puerta convencida de que aun cerrándola el alboroto la traspasaría.

—¿Mal momento? —preguntó Charlize.

—¡No, para nada, al contrario! Me has salvado de que volvieran a darme de comer. Pensé que nos llamaríamos más tarde para felicitarnos el final de la Nochebuena.

Una vez cerrada la puerta, se acercó al gran ventanal que daba al jardín trasero.

—Se te oye feliz.

—Te diré que... podría acostumbrarme a esto. Al principio me había entrado el pánico, pero ahora me siento a gusto, como en mi propia casa, aunque con el triple de ruido en vez de la música a tope.

—Verás, te llamo ahora porque me será imposible pasarme ese par de días antes de Nochevieja. Podría hacerlo el tres o el cuatro, mejor el cuatro. Me ha surgido un problema que..., ya lo hablaremos con más tiempo. —Coches, villancicos y el viento helado alrededor de Charlize le distorsionaban la voz—. Lo siento, ya te contaré. Cuidaos mucho y saludos al hombretón de mi parte.

—Vale, se los daré de tu parte. Espero que lo tuyo no sea nada grave. Nos vemos el cuatro en casa. Feliz Navidad y cuidaos vosotros también.

Alice se apartó del ventanal, guardó el móvil en un bolsillo de su tejano y dejó el bolso encima de la cama. Salió del dormitorio y, ya en el comedor, apoyó ambas manos en los hombros de su Davis.

—Era Charlize, no vendrá hasta el cuatro, le ha surgido algo.

—¿Hasta el cuatro?

—¡Entonces podéis quedaros hasta Año Nuevo! —soltó Kresley, emocionada.

—No veo por qué no —dijo Alice—. ¿O tienes otros planes?

Rock la había sentado en sus piernas y los dos intentos de ella por levantarse fueron inútiles. Lo de traer a Alice había sido una mala idea. Entre ellas se aliaban. Como para decir que no, que tenía otros planes.

—Si te hace ilusión... —respondió y la miró allí, bien acomodada entre sus brazos, vio el brillo en los ojos de su madre y se rindió—. Vale, hasta el tres por la noche —. ¡Mujeres! Eran más invencibles que los insurgentes de Faluya.

—¡Rhonda, Rosie, Rachel, Ruth! —Las cuatro cabezas asomaron por la puerta de la cocina—. ¡Se quedan hasta el tres! —chilló Kresley.

Los niños estaban en la gran moqueta del salón peinando y toqueteando al pobre Thor al igual que al par de pitbulls. Becky, al dejar la bandeja cargada de galletas de jengibre y *shortbread cookies* encima de la mesa, añadió:

—Podríamos llevarla a ver la casa, tu padre ha seguido trabajando, pero aun así está medio medio...

¡La casa! No sería un mal escenario para planteárselo a solas. Rock sentía la alianza dentro de su cajita ardiendo en el bolsillo del pantalón.

—¿La casa? —preguntó Alice tanto a él como a sí misma. «¿Tiene su propia casa? ¿Por qué tiene alquilado el apartamento entonces? Quizás sea por la rehabilitación, pero, si estando en plena base militar puede hacerla sin tener que trasladarse a Washington D.C.».

—Y ya que estarán para Nochevieja, vendrán a la fiesta. No diremos nada, será una sorpresa para todos —dijo Rosie tan feliz.

—Hemos dicho que nos quedaremos hasta el tres, pero nada de fiestas de Nochevieja —sentenció Rock. «¡Eso sí que no! ¿La fiesta en la base? Allí no voy ni loco».

—Bueno, bueno, bueno, bueno, ya hablaremos de eso —cortó el Coronel—. ¡Vamos, sentaos todos!

La mesa había vuelto a llenarse de bandejas. ¡Ni que fueran italianos! De nuevo a comer, a beber y a volver a comer.

Alice al principio controlaba la risa, escondía la sonrisa; no obstante, al poco se descubrió carcajeando.

—Un segundo, no tardo nada —pidió, pues el móvil en modo silencio vibraba en su pantalón. Alice corrió por el pasillo otra vez hacia el dormitorio. Con lo bien que estaba ahora y tenían que llamar. Vio el número de Charlize en la pantallita.

—¿Todo bien? —preguntó preocupada al descolgar.

—Ah, sí, perdona que vuelva a llamarte, pero se me había olvidado una cosa, la más importante para ti.

—¿Qué cosa? —El nudo que se había formado en la garganta de Alice se soltó y entonces se sentó relajándose en una esquina de la cama.

—Vas a exponer en la Leverson Gallery en el mes de abril. Queda concretar fecha exacta y duración. Y no, no es una colectiva, será una exposición individual de tus obras, señora artista, así que nada de vacaciones. —La escultora enmudeció y, ante el silencio, Charlize rio—. Feliz Navidad —se despidió.

Alice no solo había enmudecido, se había dejado caer de espaldas en el colchón mirando al techo sin verlo, en una nube de felicidad.

Su teléfono sonaba poco, pero el de Alice no sonaba casi nunca y, viéndola correr hacia el dormitorio y dejar la puerta abierta, Rock fue detrás por si había ocurrido algo. Ella parecía descolocada.

—Alice, Alice... ¿Pasa algo?

—No, no pasa nada malo.

Se incorporó con el móvil todavía en la mano y le miró a él, quieto en el umbral de la estancia. Ella había deseado esa exposición desde que tenía uso de razón. No era una simple colaboración en una colectiva, no, no, era exponer su trabajo, ¡solo el suyo!

—¿Venís o qué?

—Sí, ahora... Espera un segundo —dijo Rock a Ruth, plantada en mitad del corredor.

—Vamos, luego te lo cuento —prometió Alice, guardó el teléfono y caminó hacia él—. Rick luego te lo digo —insistió Alice.

—¿Seguro?

—Sí.

Lo haría estando ellos a solas para no incidir en el ambiente que imperaba en la reunión familiar. Teóricamente una noticia así alegraría a todo el mundo, suponía ella, aunque ciertamente entendía poco de eso de ser sociable. Estaba aprendiendo. Se lo diría más tarde, quería compartirlo primero con él en la intimidad.

—Como quieras —dijo Davis finalmente. Iba a estar nervioso hasta que se lo dijera. Esa sonrisa no la había visto en todo aquel tiempo tanto como en este mismo día, y eso que él había logrado hacerla reír bastante a menudo.

Un par de horas más tarde, y a pesar del frío y la oscuridad, Alice y Rock siguieron a mamá, Ashton, Becky, el Coronel y tres de las hermanas excepto Rhonda, que se había quedado con los niños. Anduvieron cinco minutos hasta la casa de Rock para echar un vistazo. El piso y una parte de la planta baja estaban completamente terminados. El resto de la obra había quedado suspendida cuando el accidente. Allí no tuvo oportunidad ni de pedirle lo que llevaba consumiéndolo desde hacía semanas ni de preguntarle para qué había llamado Charlize. Cada vez que iba a abrir la boca alguien interrumpía. Volvieron a casa y después de tomarse algo de vino caliente con especias para calentarse el cuerpo todo el mundo se fue a la cama.

Estaba claro que Rock no podía vivir en su propia casa. Había escaleras: las del sótano, las del piso, los escalones del porche y los de los distintos niveles de la planta baja. Se necesitaría mucho trabajo y dinero para reformarla y así eliminar las barreras arquitectónicas. Papá Davis y Ashton le habían comentado la intención de ponerse con ella poco a poco, y lo cierto es que le encantó la idea. Sin embargo, se había ido a Silver Spring. Rock se preguntó si Alice aceptaría mudarse también. Esa duda le oscureció el alma por un momento.

Alice se encontraba sentada al borde de esa cama antigua, y tan alta que sus pies quedaban flotando a media altura sobre el suelo. Se quitó el *jersey* de punto y dobló la prenda sobre sus rodillas. Lo del Leverson había vuelto a prenderla como un fogonazo.

—Rick, tengo algo importante que decirte —dijo ella levantándose.

A la vez que matrimonio, él iba a proponerle que se trasladaran hasta Quantico los fines de semana y festivos y así ir arreglando la casa. «¿Tan seguro estás de que te va a decir que sí, Teniente?». Alice no solía salir del apartamento por el agobio de la ciudad y esto estaba claro que le gustaba. Rock le montaría un taller en la casa misma y ella podría seguir teniendo su apartamento. Al oírla hablar dejó de pensar y...

—Sí, yo también tengo algo que decirte. ¿Empiezas tú con lo tuyo?

De un momento a otro la alianza iba a incendiarle los tejanos. De regreso del baño contiguo al dormitorio, la vio allí de pie, en sujetador y con aquellas minibragas pidiendo a gritos ser arrancadas con la boca, pero ella ni se daba cuenta de lo sugerente que estaba.

—Empieza tú mejor —insistió ella. Dobló también los tejanos y se soltó el pelo, que se había ondulado ligeramente debido a la trenza. Pasó la goma por su muñeca—. ¡Rick! —emitió un gritito cuando él la agarró por los muslos y medio se tumbó sobre la cama.

—Más tarde, más tarde hablamos de eso y de lo que tú quieras.

Rock, enganchando los dedos en la delicada braguita de encaje, la empujó hacia abajo llevándola directa a los tobillos, la pasó por los pequeños pies con las uñas pintadas de verde pistacho y se la quitó. Arrancó su camiseta interior lanzándola junto a la miniprenda de ella y se abrió la hebilla del cinturón.

Y es que su sexo estaba empantanándose ya, tornándose líquido, por lo que Alice se mordió el labio inferior.

—¡Rick! —otro gritito ahogado al verse obligada a apoyarse sobre las palmas de sus manos cuando él la aupó por las caderas.

—Agárrate —siseó él con la ropa de cintura para abajo cercana a sus rodillas. Tenía que volver a *ir de comando*, pues en estas situaciones era lo más cómodo. El cabello de Alice se había tornado fuego debido al color rojo de la pantalla de las lámparas en las mesitas de noche y revoloteaba en llamaradas alrededor de la cara, también completamente enrojecida. Se pasaba la lengua dando brillo a los labios. Él hincó no con mucha suavidad los dedos en los pálidos muslos de ella, la elevó, y gracias a que estaba medio tumbada en el borde de esa cama tan alta, tenía la inclinación perfecta para poder penetrarla.

Alice le sostuvo la mirada justo antes de que este la bajara por toda la carnosa y palpitante erección, que entró en ella al principio suave y deslizante para seguidamente hincarse por completo en su interior. No estaban en casa, no podía despreocuparse de la posible escandalera, así que a duras penas contuvo un gemido, con los ojos entelados por los claros parpados y las pestañas húmedas.

Rock tenía la vista fija en aquel pequeño ombligo, hundido en el centro de un vientre redondito como si fuese una diana en el campo de tiro. Entraba, salía, se removía. La martilleaba a cada embiste, y todas las terminaciones nerviosas de esa mujercita bailaban eufóricas. Aceleró sus movimientos, sucumbió a la necesidad de parpadear e incluso cerró los ojos por unos segundos. Al abrirlos se encontró con los azules y profundos de Alice que estaban mirándole.

No es que se machacara los sesos con ese pensamiento, pero Alice solía preguntarse qué había visto en ella, aunque no en ese preciso momento y nunca en esas circunstancias. Negó una, dos, tres veces porque el orgasmo burbujeaba, de forma irremisible el clímax se hacía patente. Hincó las uñas en el cubrecama y se dejó llevar para que todo se hiciera líquido en su interior. El blanquecino calor llenaba su interior colmándola. Sus brazos se desplomaron sobre los anchos hombros. Los labios pegados dejaban solo una pequeña ranura por la que los alientos de ambos se intercambiaban. Sudada, enrojecida y algo trémula, susurró:

—¿Qué ibas a decirme?

—No, ¿qué ibas a decirme tú?

Él pulsaba todavía en su interior, no iba a pedírselo ahora, en esa situación. Sería mejor al día siguiente. Tenía la boca pastosa, que se hidrató al besarla.

—Que te quiero, ¿y tú?

—Eso justamente.

Lo otro quería decírselo con más calma, no ahora; además

ella estaba bastante somnolienta. Davis volvió a besar los suaves labios, envolvió su cara con ambas manos y la acarició. No iba a interrogarla ahora. Estaba demasiado a gusto como para no tumbarse a su lado y dejar que el sueño se hiciera con ambos. Al día siguiente la alianza dejaría de arderle en el bolsillo y, con mucha suerte, Alice la luciría en su dedo. «Mucha suerte, sí, mucha suerte necesitas, Teniente».

Al final, y sin ni siquiera saber ella misma muy bien cómo, logró convencer a Rick para ir a la famosa fiesta de Nochevieja en la base, pero eso significaba comprar un vestido. Alice fue secuestrada por todas las Davis durante un día entero, con parada en **KFC** para un rápido almuerzo. Ese fue el tiempo invertido en varias *boutiques* de Washington hasta encontrar el traje perfecto. De camino a casa el coche se detuvo en otro lugar, y Alice miró a través de la ventanilla.

—Bajamos aquí —dijo Becky quitándose el cinturón. Estaban en **Arlington**.

Alice, Rosie, Rachel y Ruth hicieron eso mismo. Ella se encerró en el grueso chaquetón y volvió a ponerse el gorrito de lana. No preguntó por qué iban al cementerio, solo caminó siguiendo a Kresley, a Rhonda y a las niñas, que habían ido en el otro coche.

Clavadas en el suelo, se veía una infinidad de ***Star-Spangled Banner flags***. Sus tres colores contrastaban con el césped verde, salpicado por el blanco de la nieve. Algo se había acumulado en las coronas navideñas y en las lápidas donde se apoyaban, así que las niñas corrieron a retirar la nieve de la estela que rezaba:

MARK MAHON
Michigan
Sgt
US NAVY
February 3rd 1972
November 10th 2004

Lisbeth incluso besó el frío material de la lápida. Durante un rato estuvieron todas ahí reunidas en silencio, salvo las niñas, que empezaron a relatar todo lo que habían hecho durante la mañana como si quien se encontrara bajo tierra pudiera oírlas.

—Vamos a ver a mi abuelo —dijo esta vez Becky, y todas la siguieron excepto Rhonda, que agarró a Alice del brazo para que no se moviera de su lado. Al marcharse cambió la sujección del brazo por la de la mano y masculló:

—No era el más guapo de los chicos de por aquí, era de lo que todas llamarían del montón.

Alice la miró sin comprender.

Apartando la mirada, Rhonda retiró con un solo gesto de la mano libre y enguantada la poquita nieve que quedaba sobre la lápida.

—Mis amigas decían que podría haberme buscado un marido mucho más guapo, aunque él era tan divertido que me importaba bien poco si no era un apuesto Madelman.

Rhonda soltó su mano y, de alguna forma, Alice echó de menos el agarre.

—Te llaman antes de salir a una misión como aquella, pero llevaba tantas... No pensé que no volvería con vida de esa. Lo último que me dijo antes de colgar fue que cuando él estaba en casa yo nunca le hacía pastel de pecanas, y encima era verdad.

La mujer rio amargamente negando con la cabeza. Alice era incapaz de decir nada, las palabras no salían de su boca. Las lágrimas empezaron a despeñarse por el rostro de Rhonda.

—Mark murió, se fue, y yo, yo... ¿Cómo podía hacerles entender a las niñas que su padre había muerto?, ¿cómo entenderlo yo? Volvió a casa, pero esta vez vino en una caja y arropado por la bandera que tanto amaba. Apenas recuerdo el funeral, es una especie de sueño borroso.

Alice no supo abrazarla, no hizo nada más que mirarla.

—¿Sabes? He dormido aquí mismo, sobre la hierba que crece encima de su tumba. Dejaba a las niñas con mi madre y me venía aquí, me tumbaba y lloraba hasta dormirme de puro agotamiento. He querido irme con él tantas veces. Sí, he querido morirme, pero un día Rick me obligó a leer la carta que Mark había dejado para mí si él no volvía a casa con vida. Yo me negaba en rotundo a leerla, no quería admitir que él había muerto, pero a la vez venía aquí a pasar horas junto a su lápida. —Rhonda cerró los ojos y suspiró para luego seguir—: Sí, varias veces me he dormido sobre esta tumba y como en una pesadilla he revivido el relato de Bob Edkins, un marine del grupo de Mark que tuvo la suerte de sobrevivir. Si lo pienso, ahora mismo a pesar del frío, como muchas veces antes, siento el calor agobiante de las calles polvorientas de Faluya, oigo el estruendo de las granadas, el repiqueteo de las ametralladoras y a Mark... Aún siendo de día, veo como Mark avanzaba sigilosamente en la oscuridad seguido de sus hombres...

IRAK, AÑO 2004

Era noche cerrada, gatos, perros callejeros y ratas mucho más grandes que los bolsos que suelen llevar las madres de los hombres del pelotón correteaban por la calle. Coches carbonizados, cascos, botas esparcidas y algún que otro cuerpo yacía sobre el suelo mientras ellos recorrían las vías con los rifles apuntando en todas direcciones, los gatillos ansiosos por obtener la presión que vomitara el contenido del estómago metálico.

Esos marines tenían una misión, un objetivo claro y conciso: llevarse vivito y coleando a Abdul Bel-Hajara, uno de los muchos líderes de las revueltas perteneciente a una célula **yihadista** de **Al-Qaeda**.

El sargento Mark Mahon soltó el aire suavemente, controlando la respiración y con la espalda contra el muro del edificio que iban a barrer en pocos segundos.

Strider agitó la mano en el aire indicando al resto de compañeros que se posicionaran adecuadamente. La puerta principal voló gracias a las bombas lapa que Martin había colocado contra la resistente placa de metal y todos, la media docena de hombres, entraron deprisa en la casa de tres plantas completamente a oscuras. Gritos de niños y mujeres los recibieron, los focos de los rifles los enfocaron.

—¡Al suelo, al suelo, al suelo! —ordenaron a gritos en inglés. Joseph Halasa se desenvolvía bastante bien en árabe, así que repitió la misma orden varias veces en ese idioma.

Apelotonaron a todo el mundo de rodillas y con las manos tras la nuca en una esquina de la primera habitación. Entonces Mark, seguido por Micky Todd y Bob Edkins, subió las escaleras en busca de Bel-Hajara. Dispararon, una, dos, tres veces, y derribaron a dos hombres que se encargaban de la seguridad de Abdul, pero de este ni rastro. Despejaron el primer piso, subieron al segundo y avanzaron registrando habitación por habitación, esquina tras esquina.

—Mierda... —maldijo Mark entre dientes, levantó la mano derecha dando el alto a Todd y Edkins.

Allí estaba, en el último dormitorio por registrar. Bel-Hajara sujetaba a una niña vestida con un camisón color crema, la sujetaba con fuerza pegándola a sus piernas. Los testigos luminosos de dos bombas, una que rodeaba su cintura y otra en la de la pequeña, palpitaban a la espera de que el insurgente presionara el dispositivo para detonarlas. Este movió la cabeza conminando a sus enemigos a que no se movieran.

—Bob, que evacuen el edificio y haz que suba Joseph cagando leches —dijo Mark, que bajó el rifle y lo dejó en el suelo. Manos al aire, miró a la niña. «Mierda, si tiene la edad de Lisbeth», pensó. Tenía los ojos fijos en la criatura, que temblaba con los ojos empantanados de lágrimas.

Todos, oficiales y soldados rasos, eran conscientes de que podrían estar esperándolos armados hasta los dientes, pero nadie había pronunciado nunca la palabra hombre-bomba, o algo mucho peor como hombre y niña-bomba.

—Joder, joder... —Al llegar Joseph hizo lo mismo que Mark y Edkins, dejó el rifle en el suelo y alzó las manos haciéndole saber a Bel-Hajara que iba a colocarse al lado de Mahon—. ¿Cuánta mierda llevan encima? —preguntó en un susurro.

—No lo sé, pero estate seguro de que como las detone vamos a acabar como un puzle de mil piezas —respondió Mark.

—Bob ha llamado a la brigada para que vengan a desactivar, pero dicen que es demasiado arriesgado, ya que esto se va a llenar de capullos en un santiamén. ¿Alguna idea brillante, Sargento? Él espera más órdenes en el rellano.

—No vamos a dejar que reviente a la niña, ¿*OK*? Habla con él —repuso Mark entre dientes.

—¿Qué quieres que le diga?

—¡Eh, eh, eh! —gritó Abdul al verlos susurrar, y alzó más la mano dejando claro que o dejaban de cuchichear o presionaba el dispositivo. Ese ademán amenazador hizo que la niña se pusiera a chillar desesperada.

Mark puso el índice sobre sus labios indicando a la niña que dejara de agitarse y, por ende, de gritar. Le sonrió, ya que otra cosa no podía hacer. Ella estaba asustada, sumergida en una completa locura y alguien debía darle algo de confianza. La sonrisa funcionó, pues la pequeña dejó de chillar aunque no de llorar.

Joseph miró a Mahon, cogió aire y entrecerró los ojos para calmarse, luego volvió la vista a Bel-Hajara y trató de hacerlo entrar en razón.

El Sargento mandó a Edkins abajo para unirse a los que debían estar a punto de evacuar el edificio. Solo quedarían él, Todd, Joseph, la niña y Bel-Hajara. Este no puso impedimento alguno a que Edkins se marchara, de hecho ni se inmutó. La negociación siguió durante varios minutos. Mark estuvo tentado de atender la radio, pero pensó que era mejor no hacerlo, no de momento, al tiempo que, minuto tras minuto, la tensión aumentaba y su paciencia se diluía. En su cerebro las ideas se agolpaban con imágenes terribles.

—Lo que quiere es que esto se convierta en un hervidero, sabe que los de operaciones acabarán viniendo y se montará una carnicería con los hijos de puta de sus compañeros de **Yihad**, o como se llame esa guerra santa suya —farfulló Mahon, y la paciencia se le estaba agotando y esta vez de verdad, no podía seguir viendo cómo hacía sufrir a la niña que bien podría ser una de sus propias hijas.

—Si te mueves, se acabó todo —soltó Abdul en su particular inglés; deficiente, pero más que entendible.

—Vaya, así que el mamón, aparte de inmolar a su propia hija como seudosuicida, sabe inglés. No te importa que no la reciba una multitud de mujeres hermosas ni tampoco que no tenga vírgenes a las que follarse, ¿verdad, papá?

—Sargento... —masculló Joseph.

—¡Y una mierda! Estamos perdiendo el tiempo —ladró Mahon haciéndolo callar y mirando a Abdul—: ¿Qué quieres, que hablemos con nuestros jefazos para que ordenen cesar la búsqueda de más locos de tu calaña o prefieres hablar directamente con el Presidente? Espera, espera... ¿Y también un *jet* privado para irte de vacaciones a una preciosa villa de las Bahamas? Un *jet* tuyo propio quiero decir, nada de secuestrar alguno que acabe estampándose contra edificios. Seamos realistas, te tenemos cogido por las pelotas. Sabes que llegarán los servicios especiales, pero probablemente habrá llegado antes un grupito de los gilipollas a los que les tenéis comida la olla. —Mark Mahon tenía clavada su mirada en los ojos del insurgente y siguió—: Cuando se encuentren se montará la de Dios, nunca mejor dicho. Entonces estallarán esas bombas tan bonitas que lleváis y todo eso porque vuestro Alá quiere que cuantos más infieles mueran, mejor.

Al-Hajara empezó a sudar; riachuelos de transpiración regaban su cara, se escurrían sienes abajo mojando la **kufiya** alrededor de su cuello.

—Vamos, abre la mano y suelta esa mierda, luego libera a la niña y hagámonos buenos amigos.

Abdul dejó caer el dispositivo que ponía en marcha las bombas, lo dejó escurrir entre los dedos y levantó el otro brazo permitiendo que la niña echara a correr. Mark abrió sus brazos del mismo modo que lo hacía cuando una de sus hijas abría la puerta de casa y recorría el camino de baldosas a su encuentro cuando él volvía felizmente de una de sus múltiples misiones.

El reloj marchaba ahora al ralentí, o eso le pareció. La sudoración de Al-Hajara caía lenta, muy lentamente por su piel; por el contrario, los piececitos desnudos de la niña se movieron rápidamente sobre el suelo enmoquetado hacia Mark, que vio a Abdul agacharse para recoger del suelo el dispositivo, el dedo índice sobre el pulsador que activaba las bombas. Joseph hizo ademán de recoger su M4, pero sin llegar a hacerlo. Mark recibió a la niña entre sus brazos como si fuera uno de sus tres piojos buscando consuelo. La acogió cálidamente entre ellos y cerró los ojos oyendo en su mente su propia respiración y solo eso, pues esta quiso y consiguió silenciar el *Al·lahu-àkbar* que gritó Abdul antes de hacer estallar las bombas.

Mark había enfocado el pensamiento en su casa, en cada teja, baldosa, ventana y contraventana, cada mueble, en las niñas correteando por el césped el último **4 de julio**, en la familia reunida alrededor de la gran mesa de madera en la terraza que daba al jardín, pero sobre todo en la imagen de Rhonda, vio el sol que acariciaba su piel, sintió la brisa veraniega que jugueteaba con la melena oscura de su esposa y se perdió para siempre en aquella mirada chispeante.

No hubo dolor, no hubo sufrimiento, solo paz, la paz de los recuerdos, la paz del que ama y es amado.

—Como me aseguró mi padre, el único consuelo, pobre consuelo, es que Mark no sufrió, pero yo, tumbada aquí en el césped, abrazada a esta lápida, a pesar de que solo ha pasado poco más de un año, muchas veces, demasiadas veces, he revivido el peor día de mi vida.

QUANTICO, AÑO 2004

Aquella terrible mañana de noviembre Rhonda había sacado ya varias cajas de lo alto del armario, en la buhardilla. Sacudió una mano y con la otra trató de quitar el polvo acumulado. Casi olía a Navidad o eso quería creer. No estaban aún en diciembre, pero ella había heredado la mala costumbre de mamá de decorar la casa justo después de *Thanksgiving* y cuanto antes sacara las cosas mejor.

—Lisbeth, ve abajo que te vas a llenar de polvo.

La culpa de todo aquel polvo la tenía Mark, que antes de macharse se había comprometido a arreglar la barbacoa y limpiar la buhardilla de trastos innecesarios y, por ende, de polvo, pero... no lo había hecho, o sea, que le tocaba a ella; pero, ¡ah!, él iba a pagarlo caro cuando volviera.

—Es que los piojos y la tía Rosie no me dejan jugar con el **Furby**... —argumentó Lisbeth haciendo pucheros mientras le tiraba del pelo a uno de sus queridos *ponys*.

—No llames piojos a tus hermanas, y si la tía Rosie no te deja jugar por algo será.

—Papá nos llama así —soltó la niña con total naturalidad—, y... y... la tía Rosie dice que, si quiero volver a jugar, tengo que pedir disculpas.

—Pero papá lo hace por... —Rhonda suspiró dejando de hablar, miró a Lisbeth.

—Si papá nos llama así, yo también puedo hacerlo.

—Claro, cariño —dijo Rhonda sin más remedio—. ¿Qué has hecho para tener que pedir disculpas?

—Nada.

—Lisbeth...

—¡Nada!

De hecho, Rhonda no sabía si realmente quería oír lo qué había hecho la niña para tener que disculparse, por lo tanto no insistió con la pregunta.

—Ve abajo, discúlpate y después pídeles por favor que te dejen jugar.

—¡Es que no me dejan! —exclamó Lisbeth golpeando un pie contra los listones de madera del suelo.

Rhonda iba a tener que meterlas en la bañera a todas, así que se acercó y acuclillándose a la altura de Lisbeth le colocó bien las tiras de la mochila repleta de *ponys* sobre los hombros.

—Ve abajo, discúlpate y pídeles, por favor, que te dejen jugar, pero primero te disculpas y después pides por favor que te dejen jugar —empezó a recitar vocalizando lentamente— y si te dicen que no, vuelves aquí, me lo dices y bajaré contigo, ¿entendido?

—¡Qué no me dejan! —insistió Lisbeth frunciendo los morritos y achicando los ojos.

—Pues nada, si no quieres bajar, no bajes —desistió la madre irguiéndose para darle la espalda a la niña. El orgullo, bien heredado por parte paterna, estaba más que presente en la pequeña. Rhonda apoyó las manos en sus caderas y miró a su alrededor para evaluar la cantidad de cajas que le esperaban. Contó una docena con un gran *Xmas* rotulado en bermellón y luego..., unas cuantas más que no sabía ni qué contenían, pues Mark no las había rotulado. Se ciñó el pañuelo de estampado militar al cráneo, se remangó y se concienció de que tenía una larga, muy larga tarde por delante.

—Mami, viene el abuelo —anunció Lisbeth, ahora de puntillas con las manitas sobre el alfeizar interior de la ventana.

—Qué bien, tesoro, ya sabes a quien contarle las injusticias que hacen contigo, que monte un consejo de guerra en mitad del salón.

—¡También viene el capitán Grey... y... y el papá de Emily! —brincó Lisbeth la mar de entusiasmada.

Rhonda se acercó para mirar por la ventana. Al ver como su padre, los capitanes Grey y Jacobson, así como otros dos marines, oficiales que no conocía, iban a subir las escaleras del porche, negó con el corazón latiéndole aceleradamente en la garganta. Sonó el timbre y su reacción fue salir corriendo de la buhardilla, seguida por la niña que no entendía nada.

—¡No abras la puerta! —vociferó Rhonda, volando escaleras abajo viendo que su hermana Rosie iba a hacer eso mismo.

—¿Qué... qué pasa? —tartamudeó Rosie.

—¡No abras la puta puerta, no la abras! —insistió Rhonda llegando al recibidor, donde apartó de un empujón a su hermana que acabó contra una de las paredes. Agarró el pomo y echó los pestillos, cerrando así a conciencia la puerta principal de acceso a la casa. Luego recostó la frente contra la madera y cerró los ojos.

Las niñas, incluida Lisbeth, que había bajado las escaleras detrás de su madre, fueron hasta Rosie y se pegaron a ella mirando a Rhonda sin entender el motivo de esa reacción tan violenta, porque ella ni siquiera era mal hablada.

—Rhonda, abre —se oyó al otro lado, pero la puerta no se abrió. El Coronel bajó la voz y masculló—: Vamos, cariño, abre la puerta.

Pero Rhonda negó sin apartar la frente de la madera; si abría la puerta, la pesadilla se haría realidad. La peor y más cruenta de sus pesadillas se transformaría en un hecho cierto. No podía permitirlo. El llanto detonó en su pecho y se escurrió hasta el suelo. Se acurrucó en una esquina y escondió la cabeza entre las rodillas. Si se quedaba allí, quieta y sin abrir la puerta a los visitantes, esos intrusos se marcharían y todo seguiría igual. Ella regresaría a la buhardilla para limpiar y todo seguiría igual, nada habría cambiado.

Rosie se había llevado a las niñas al salón. Al oír unos pasos abrió la puerta trasera de la casa franqueando la entrada a los hombres, que habían dado un rodeo por el jardín. Grey y Jacobson fueron al salón para acompañar a Rosie y a las niñas. El coronel Davis guio a los dos marines hasta el recibidor, donde le entregaron a él la bandera de barras y estrellas cuidadosamente doblada, ya que Rhonda seguía acurrucada en una esquina.

Se había quedado inmóvil en un vano intento por evitar que la cruda realidad derribara la frágil defensa mental de su mundo, ya tan solo virtual.

El Coronel desplegó la bandera y, a modo de chal, la posó delicadamente sobre los hombros de su hija. Barras y estrellas descansaron sobre ella. Davis se sentó a su lado y la recogió en su regazo permitiéndole apoyar la cabeza contra su pecho, le besó la frente mientras las abrasadoras lágrimas de Rhonda mojaban los galones de su uniforme.

Alice le devolvió un suave apretón para darle fuerzas y que continuara hablando.

—Entonces, al leer la carta, me di cuenta de que estaba haciendo todo lo contrario de lo que Mark deseaba. Tenemos tres hijas que dependen de mí y es mi deber cuidarlas, igual que él cumplió el suyo de defender a su país y, si era necesario, morir por él. Alice, ellos han visto y vivido cosas que nosotras no somos si quiera capaces de imaginar, y tú eres lo mejor que le ha ocurrido a mi hermano. Rick te quiere, pero para él es muy difícil no verse como un soldadito roto, ¿comprendes?

—¿Por eso no quiere asistir a la fiesta? —preguntó Alice.

—Está asustado, le da pavor que sigan viéndole así —asintió Rhonda.

—¿Y qué puedo hacer yo?

—Solo seguir haciendo lo que haces, quererle.

—Tengo miedo, miedo de que él decida acabar con esto. No, no parezco su tipo de mujer. Muchas veces no acabo de creer que estemos juntos.

—El miedo es necesario, tú lo tienes, él lo tiene, yo lo tengo. Todos sentimos miedo, es algo universal.

—Pero ¿y si eso te bloquea? —saltó Alice.

—No lo permitas —sentenció Rhonda.

Alice tragó saliva y se atrevió a preguntar:

—¿Y solo sigues adelante porque eso es lo que quería Mark?

—No. —Rhonda volvió la vista a la lápida—. Mark me pedía que fuera feliz, que en la familia fuéramos felices, y me prometía que cuando llegara mi momento él vendría a por mí.

Alice sonrió mirando en la misma dirección que Rhonda.

—No me cabe duda de ello.

—Eso sí, espero que lo haga de uniforme.

Las dos rieron hasta que Alice murmuró:

—Gracias.

—¿Por qué me las das?

—Por contarme todo esto, me ha ayudado más de lo que piensas.

Unos días después Alice recordó que allá en el cementerio Rhonda sí la había ayudado mucho contándole su experiencia. Giró la cabeza dejando de observar el edificio para mirar a Rick, que sacaba las llaves del contacto de debajo del volante.

—Espera, voy a por la silla. ¿Me van a preguntar por el color de tus calzoncillos?

—¿Quién es la graciosa ahora? —refunfuñó Rock, jugando con las llaves del coche al sentarse en su silla. Cerró dando un portazo.

—Tendría que estar emocionadísima momentos antes de ver a tantos hombres en uniforme de gala juntos, ¿no?

—Supongo, señorita.

—La verdad es que preferiría estar contigo a solas en nuestra primera Nochevieja, y además así de uniformado.

Alice lo miró al tiempo que sujetaba las solapas del abrigo contra su cuello para que no entrara frío por la abertura. Que los hombres en uniforme tienen un algo especial condena a más de una. Esa estampa militar le sentaba demasiado bien al teniente Davis, y la libido de Alice se lo estaba recordando cada vez que le ponía los ojos encima.

Pero en su interior él quería, tenía que convencerla para que se marcharan. Una vez la tuviera desnuda, exhausta, boca abajo en la cama y medio dormida, deslizaría el anillo por su dedo y... ya se lo encontraría. «¡Casémonos! Eso sí es una buena forma de empezar el Año Nuevo, Teniente». Él, sin embargo, la agarró por la cara con sus manos desnudas a pesar del frío.

—Entonces, Alice, vayámonos a disfrutar solo de mi uniforme. No nos han visto llegar.

—Vamos, Rick, dijimos que vendríamos y te están esperando. —Ella le puso una mano suavemente en el hombro—. Venga, no seas cabezón.

Dio unos pasos por el duro suelo del *parking* con sus altos tacones, más o menos ya los tenía dominados. Pero él se quedó parado en su silla preguntándose cómo había accedido a venir. Se había marchado de Quantico para huir precisamente de todo eso. Es más, otro motivo del traslado a Washington había sido por no tener que ir a rehabilitación en la propia base. Rock quería hacer desaparecer el ambiente militarizado que tanto echaba de menos y que tanto dolía al soldadito roto. Se enfadó consigo mismo por haber claudicado y estar a punto de entrar en una de aquellas fiestas que antes amaba y que ahora odiaba.

—¡Soy yo el que va en una jodida silla de ruedas, Alice! —gritó Davis apretando los puños que crujieron tanto como el cuero del apoyabrazos.

—Lo sé Rick, y seguirás en ella hasta el día en que te mueras —respondió Alice, deteniéndose para mirarlo. Señaló la puerta unos metros más allá—. Hace frío, ¿entramos ya?

Ella lo desarmaba, lo dejaba sin palabras. Parpadeó, viendo como Alice se quitaba un guante y movía la mano esperando a que él se la cogiera. Sus ojos negros fueron de la mano al par de soldados situados a uno y otro lado de la puerta. Llenó sus pulmones de aire y avanzó hasta tomarle la suya. Se paró para dictar sentencia:

—¡Antes de la medianoche nos vamos!

—Antes de medianoche, lo prometo.

Alice entró junto a él y se quitó el abrigo para entregarlo a la señora del guardarropa junto al bolso después de apagar el móvil. No estaba acostumbrada a ir con tacones, ni tampoco con ese tipo de vestido. No se sentía disfrazada, pero sí extraña.

Él nunca antes había llegado a verla vestida así. Cuando ella salió del dormitorio y fue a su encuentro en el salón ya llevaba el abrigo puesto. Rock se fijó en el suave y discreto maquillaje que para nada le hacía parecerse a un *ara rubrogenys* a pesar de su pelo. El vestido, de un blanco brillante, de hombros descubiertos salvo por las finísimas tiras que se unían formando una «*X*» en su espalda, resultaba espectacular por la sencillez de su línea. No era muy corto, justo por debajo de las rodillas y ligeramente ceñido en las caderas, pero sin exagerar. De esa forma se marcaban sinuosamente sus generosas curvas. Llevaba un moño bajo y perlas en las orejas y gargantilla.

—Me lo ha prestado tu madre —susurró Alice enganchando dos dedos en el fino collar—. Los pendientes y el resto lo compré todo con tus hermanas anteayer.

Dos días antes Alice se había dejado raptar por las salvajes mujeres de su familia. No obstante, Rock no había imaginado que sería para comprarse un vestido que fuera así de elegante y que le quedara tan bien. Le quedaba demasiado bien. «¿Qué han hecho con mi Alice? Me temo que Ashton va a cambiar el taponcito por bomboncito, ¿no te jode? Todos van a fijarse demasiado en ella, me la van a desnudar con miradas cerdas, los muy cabrones... ¡Que se está usted poniendo celoso, Teniente!».

—Vayámonos —espetó Davis, sin entregar el gabán que había enfilado sobre el uniforme.

—Claro que no —soltó ella con decisión.

Al Teniente se le hizo un nudo en la garganta, pero entregó el abrigo.

—Medianoche, ni un minuto más —gruñó queriendo marcar territorio.

—En eso hemos quedado. Te lo juro, Rick.

Cuando entraron en la enorme sala pasó lo inevitable. Rock renegó *in péctore* al ver las insistentes miradas en el atronador silencio. Por suerte, al cabo de unos segundos interminables volvió el jolgorio y un sinfín de manos se extendieron hacia ambos.

Alice estrechó manos, abrazó, saludó y devolvió saludos procurando que su timidez no pudiera con ella, y realmente logró vencerla. Poco después se retiró para dejar a Rock hablar animadamente con amigos y compañeros. En el extremo de la gran sala había un bar en forma de herradura. Se encaramó a un taburete alto en el lado opuesto desde donde podía divisar a su Teniente, bastante lejos. Miró en todas direcciones intentando localizar a los demás miembros de la familia y dio un sorbo a su **Old fashioned.**

—El teniente Davis nos ha presentado, yo quería cruzar un par de palabras con usted, aunque se ha ido antes de que pudiera hacerlo.

La voz de barítono a su espaldas la sorprendió agradablemente.

—No pensé que yo fuera necesaria en la conversación. —Alice se giró para encarar al capitán Grey con una sonrisa—. Pero dígame.

—Creo que usted es más que importante, de hecho si no fuera por usted el teniente Davis no estaría aquí.

—Yo solo le di un empujoncito, nada más.

—Siempre se ha dicho que detrás de un gran hombre hay una gran mujer. —Al sonreír, las arrugas a los lados de sus ojos se pronunciaban más. Grey llevaba las manos detrás, completamente recogidas, en actitud típicamente militar—. Lo suyo ha sido toda una hazaña, quizá no comparable a la del Teniente en Irak, pero aún así una gran hazaña, señorita.

Ella bajó la mirada, por lo que el Capitán frunció el ceño.

—No tiene ni idea, ¿verdad?

—No hablamos demasiado sobre eso. Sé que fue herido en combate, pero no en qué circunstancias, salvo que fue una explosión —se sinceró Alice y negó volviendo a sonreír—. Tampoco tiene importancia lo que yo pueda hacer, creo.

Al principio y por miedo a preguntar, Alice había buscado en Internet las siglas *LT* tatuadas en la mano de Davis. Al descubrir el significado, su hipótesis se confirmó: era un marine, Teniente de hecho, y añadiéndole lo de la explosión, pues... Ella no preguntó, ya que él parecía querer evitar el tema.

—Fue uno de los peores momentos en la guerra de Irak. Hirieron al soldado Mayers cuando ya llevaban setenta y dos horas sin volver a la base. Créame, señorita, Faluya era un verdadero Infierno. Mayers estaba herido, y de gravedad, asi que contactaron con el punto de encuentro para transportarlo hasta allí. Las órdenes eran que al llegar todos fueran enviados a retaguardia por el cúmulo de horas que llevaban en primera línea, pero no fue así. Algunos decidieron seguir combatiendo.

—¿Así que volvieron? —preguntó Alice prendida de curiosidad.

—Tres grupos, entre ellos el teniente Davis con sus hombres, salvo Mayers. Sí, volvieron al mismísimo Infierno. Varias horas más tarde tuvieron que contactar otra vez, pues habían rescatado a dos soldados heridos con graves quemaduras que necesitaban ser evacuados de inmediato. —Durante interminables segundos, Grey miró a Davis en su silla, a unos cuantos metros, rodeado por compañeros. Luego volvió a centrarse en la pelirroja—. En el camino hacia el punto de recogida, el Teniente tuvo la fatídica desgracia de pisar una mina. Sabía que no estábamos en situación de enviar a especialistas para desactivarla, así que esta vez fue él quien ordenó a sus hombres que lo dejaran allí y evacuaran a los dos heridos.

—¿Una mina? —murmuró Alice.

—Una mina antipersona. Con los movimientos de tierra constantes debido al paso de tanques, en ocasiones fallaban, aunque esa, desgraciadamente, no. —Grey inhaló una buena cantidad de aire para poder seguir—: Supongo que por su cabeza debió de pasar de todo. En el momento en que se moviera aquello explotaría, despedazándole en el aire. Es un hombre de guerra, señorita, ha visto lo que muchos ni siquiera son capaces de imaginar ni en sus peores pesadillas. Al decidirse y levantar el pie no pasó nada. Sin embargo, uno no puede quedarse a mirar, corrió como alma que lleva el Diablo y cuando estaba a varios metros de distancia la mina estalló. La onda expansiva es lo que le ha dejado así. —Grey bajó la mirada hacia sus lustrosos zapatos—. Sus hombres dejaron a los dos soldados heridos en el primer Hawk y todos volvieron a buscarle: Tandler, Smith, Leeds, Horton, Roberts, Casas, Spencer, Sandler... —Él de nuevo estaba mirándola y con un movimiento de cabeza le señaló al grupo de nueve hombres alrededor de Rock. El más joven de todos, con la manga del brazo derecho recogida a falta del miembro, era Mayers.

Había noches en que Alice despertaba sola en la cama, se levantaba y encontraba a Rick a oscuras en el salón, cerca de una de las ventanas. Otras en las que le oía murmurar y lo sentía revolverse en el colchón hasta que despertaba, empapado en sudor y completamente sobresaltado. Ella se preguntaba qué horrores habían visto sus ojos y qué podía esconder en lo más profundo de su ser. Alice miró al grupo de hombres y por enésima vez volvió a hacerse esas mismas preguntas.

—La familia lo ha pasado francamente mal, no hacía nada que el sargento Mahon, el marido de Rhonda había caído, y poco después... —El Capitán suspiró—. Davis tiene mucha suerte de estar vivo y, sobre todo, de tenerla a usted.

No prosiguió. Grey extendió la mano apoyándola en un hombro de la mujer, luego la bajó para pasearla afectuosamente hasta el antebrazo. Rompió el contacto y giró la cabeza viendo como se acercaban las Davis, a las cuales saludó antes de retirarse y dejarla con ellas.

—Habéis tardado, pensábamos que Rock se había echado atrás —dijo Becky. Llegaba desde la zona de los servicios seguida del resto de las Davis, incluida la matriarca. Ninguna preguntó por la conversación con el capitán Grey.

—Sí, casi se echó atrás, pero lo importante es que ahora no creo que piense en irse —respondió Alice.

Ver a Becky en uniforme era un tanto chocante, tenía cierto aire a **G.I. Jane**, pero en versión rubia.

Alice acababa de olvidarse de que había jurado que a medianoche se marcharían. Se sentía bien, a gusto, y más ahora al haberse comido un par de **cake pops**. De vez en cuando miraba en dirección a Rock, que continuaba hablando y riendo, pero prefería quedarse al margen y darle espacio.

—¿Qué? —preguntó Alice al ver que a todas ellas les cambiaba el semblante mirando hacia donde se encontraba Rick.

Davis suspiró despidiéndose de los hombres que, ante la llegada de una mujer, se esfumaron. Él, ladeando la cabeza y alzándola ligeramente para mirarla, solo pudo articular su nombre:

—Kayla.

—Me enteré de que te habías mudado a la ciudad.

Él se preguntaba a menudo cómo podía haberle propuesto matrimonio a aquella mujer en su día y, lo peor de todo, cómo podía haberse casado con ella, que era todo extras: extensiones de pelo y pestañas, uñas postizas, pechos postizos. Siempre había intuido que hasta las nalgas debían de ser de quirófano, al igual que la nariz, y quien sabe qué más. Davis había terminado por definirla como una especie estrambótica, una Barbie Malibú-Washington. Rock necesitaba aire fresco, pues su perfume le atolondraba la nariz. No tenía absolutamente nada que ver con Alice, era la antítesis de ella.

A lo lejos Alice sintió una leve punzada de celos. Aquello era un monumento y parecía muy interesada en Rock, aunque a él no se le veía muy contento de tenerla delante. Se fijó de nuevo en las Davis, todas alineadas, en formación militar. Las flechas de puntas envenenadas con **curare** de sus miradas traspasaban a la supermodelo como si esta fuese el bicho más asqueroso de la creación divina.

—¿La del pelo zanahoria es tú pareja, novia, folla-amiga? —preguntó Kayla con un tono más que despectivo.

—Casi prometida, ¿por qué, te interesa? —respondió Rock en tono mordaz y mostrando una de las brillantes sonrisas de la gama que tenía incorporada de nacimiento, tipo «soy un capullo»—. ¿Qué quieres?

—Entonces yo soy la exmujer y ella la casta casiprometida del veterano teniente Rick Davis. Entiendo que el haberte quedado en silla de ruedas te haya fastidiado según qué conquistas, Rock, pero ¿no había nada más follable?

Kayla la miró desde la distancia. Podía haberla saludado con la mano, pero prefería mirarla con cara de «mala zorra». A fin de cuentas eso era lo que era.

—¿Celosa, pichoncito? ¿Qué coño te pica, Kayla, o vienes a felicitarme el Año Nuevo? —«¿Ahora, ahora apareces? ¿Ahora estás celosa después de haberme dejado tirado y moribundo? Pues, que te jodan, mala bestia».

—¿Quién es para que la miréis así? —preguntó Alice.

—La exmujer de Rock —respondió Rhonda igual que si hubiera soltado un escupitajo.

—¿La exmujer? —Alice se quedó helada observándolas para luego mirar a Kayla.

La rubia sacudió su melena oxigenada y cruzando los brazos encima del asombroso pecho siliconado sonrió a Davis.

—No, esa chica debe de estar pero que muy desesperada, porque si incluso con sus pocas posibilidades te prefiere a ti antes que a una caja de *thumbprint cookies* o una docena de *cinnamon rolls*... En fin, ya me entiendes, ¿a que sí, tesoro?

—Hay quienes prefieren ingerir comida antes que papel de baño empapado en agua. Y, por cierto, dejé de ser tu tesoro cuando me quedé encasillado aquí —le dijo Davis al tiempo que señalaba la silla.

Se estaba cabreando al oír como su ex podía caer tan bajo

al meterse con las generosas curvas de Alice, quien lo que tenía lo tenía sin extras, sin añadidos, y bien puesto que estaba. Que se lo dijeran a lo que tenía él entre las piernas. Kayla estaba empezando a molestarlo sobremanera.

—Cuando la explosión, y aún antes de confirmarse que Rock se quedaría en silla de ruedas, ella se hacía la pobre esposa, desgraciada y triste, rota por el dolor. Cuando los médicos confirmaron que no había solución, ella empezó a alejarse, hasta que se marchó a Hawái diciendo que necesitaba desconectar y desde allí mandó la petición de divorcio —explicó Rhonda.

—Ojalá se le suba la silicona al cerebro y se le obstruya del todo —deseó Kresley con amargura. Como conclusión, sacudió la cabeza.

—Tranquila, a ella ya la pondrá Dios en su lugar, no vamos a hacernos mala sangre nosotras —añadió Becky acabando el contenido de su copa de vino.

Alice sintió las rodillas flojear. Rick había estado casado, ¡casado!, y no le había dicho nada. Había tenido a aquella mujer y, sin embargo, estaba ahora con ella, tan menuda, tan poquita cosa. No lo podía entender, o tal vez él ya intuía que ella nunca, jamás le habría dejado tirado como a un perro. Nada justificaba tal comportamiento. Alice dejó de mirar a los dos y sonrió a las Davis. Dejó su copa medio vacía sobre la barra para desvelar la gran noticia:

—Charlize, mi agente, me llamó para decirme que voy a exponer en la galería Leverson de Washington en abril. Me quedé bastante impactada, ya que representa un gran paso en mi carrera.

Precisaba decirlo, y nada más llegar a casa se lo diría a Rick también. En esos instantes necesitaba ocupar la mente en otras cosas que no fueran la imagen de esos dos allá en medio de la gran sala.

Kayla se inclinó colocando sus manos de uñas largas y rojas en los reposabrazos de la silla de Rock, meneó su siliconada delantera a la vez que sonreía pasándose la lengua por los dientes de un blanco nuclear.

—Claro, tú ya no puedes hacer gran cosa, así que te tiene que montar siempre, ¿no? —Hizo un repelente puchero.

—Un poco de respeto, no estamos en una discoteca barata o en la barra americana de cualquier puerto de mala muerte —gruñó Davis. Y pensar que antes se perdía en la profundidad de aquel canalillo y ahora, ahora solo le producía asco.

—Y tú que querías tener hijos. ¿Cómo lo harás ahora? Hacerlos puedes, pero ¿correr tras ellos? Tener a papá en silla de ruedas no debe de ser algo que le guste a ningún niño. Debe de darle vergüenza. —Otro puchero y el abaniqueo de las largas pestañas postizas encoladas casi levantaron un vendaval. Kayla se enderezó y estirándose la tela del vestido hacia abajo canturreó antes de alejarse en descarados contoneos—: Feliz Año Nuevo, Teniente.

La herida estaba abierta y sangrante. La vida que él siempre había querido no iba a poder vivirla. No debía engañarse ni engañar a nadie, y menos a Alice para que aceptase casarse con él y tener un cuarteto de monstruitos de pelo naranja y ojos oscuros, niños que encima se avergonzarían de un padre inválido. Rock tragó saliva y miró hacia donde estaban reunidas sus mujeres, que reían y abrazaban a Alice. Debía haberse perdido algo ahora por culpa de esa «mala zorra. Mala zorra, sí, pero te ha bajado de las nubes, Teniente, mejor dicho, medio Teniente, para que pises el terreno de la realidad».

—No tenías ni que haberle dirigido la palabra. Tenías que haberla mandado a mamársela a alguien —masculló Ashton a su derecha.

—¿Va a venir el Coronel también a decirme lo mismo? —se lamentó Rick al oírle carraspear detrás de Ashton—. No necesito que me digáis que es una jodida puta. Ya lo sé. ¿Qué les pasa? —preguntó Rock señalando a las chicas.

—Están felices —respondió el Mayor.

—¿Por qué cojones lo están? Yo me voy —afirmó Rock airadamente empezando a mover la silla hacia las mujeres. Iba a llevarse a Alice a casa y allí le diría que esto, lo que fuera que tuvieran, había acabado y cuanto antes mejor. Hasta los chuchos tenían más derechos que él. Siempre quedaba volarse la tapa de los sesos con una de las armas reglamentarias que invadían la casa de papá y mamá.

—Espera, hombre —pidió Ashton.

—¿Y para qué? —ladró Rick, intentando controlar su ira para mirarles.

—No la cagues, Rock —dijeron los dos a la vez.

—Alice, nos vamos —espetó este sin más.

—¿Nos vamos? —preguntó Alice asombrada mirándole a él y después al reloj colgado en la pared al fondo de la sala. La sonrisa se esfumó de sus labios—. No son ni las once y media, pero, Rick, ¿qué pasa?

Esta caminó tras él, que había girado la silla en dirección a la salida.

—¡Me marcho! —informó Davis a la mujer.

—¿Tú solo? —preguntó ella sin comprender nada.

—¡Sí! «El puto inválido se larga solo» —Se detuvo suavizando el tono de voz y bajó la cabeza a modo de disculpa. No era lugar ni momento para salirse de madre—. Si quieres nos vamos juntos, pero tiene que ser ahora, Alice.

—Vale, deja que me despida. —La actitud que Rick acababa de tomar era un doloroso síntoma para ella de que todavía la seguía queriendo; no a ella, sino a esa mujer que había desaparecido. Alice iba a despedirse como había dicho, pero nada más decirlo él salió del salón, así que nada de adioses. Corrió tras él, que ya había recogido su gabán—. ¡Rick! —Alice arrancó su propio abrigo y su bolso de las manos de la mujer—. Gracias, muchas gracias —tartajeó corriendo por el vestíbulo hacia la salida.

Él no se detenía.

—Buenas noches —consiguió decir Alice a la pareja de militares que le abrieron la puerta. —¡Rick, por favor! —suplicó ella sin que él le hiciera el menor caso.

Parecía que Rock la iba a dejar sin permitirle hablar. El muy considerado dormiría en el sofá esa noche. A la mañana siguiente volverían a Silver Spring. Ella regresaría a su vida y Davis saldría de ella junto a todas las cosas que pudiera meter en el coche. En cuanto al resto, le pediría a Ashton que fuera a buscarlas. Rock sacó la llave y presionó el botoncito que hizo parpadear las luces del coche y abrir las puertas.

—¿Vienes Alice? Bueno, haz lo que quieras.

—¿Cómo que lo que quiera? —Alice se encogió sintiendo el frío calándole hasta los huesos—. ¿No quedamos en que nos iríamos juntos? Me has hecho jurártelo. ¿Qué pasa, Rick? —Ella se afanó en ponerse el abrigo para no congelarse. Se acercó a él para poder verle la cara.

—¿Cómo?, ¿qué pasa? ¡Ya te diré qué pasa, Alice! —Rock abrió la puerta del piloto, lanzó el llavero al asiento de un rabioso manotazo y giró la silla para tener a Alice de frente—. Pasa que me has traído aquí como a una puta marioneta porqué a ti te ha salido de los ovarios, y yo he sido tan gilipollas que en vez de hacer lo que yo quería he venido. ¡¿Se ha divertido suficiente señorita Garrison o debo entrar para seguir entreteniendo a los invitados?! —gritó arrancándose la gorra de la cabeza y arrojándola al suelo.

—¿A qué viene todo esto? —Ella apenas parpadeó.

Habían tenido alguna pequeña discusión, pero jamás se habían gritado o faltado el respeto; alguna riña tonta y superficial, nada más—. ¿Por qué te portas así conmigo, Rick?

—¡No seas cínica! —escupió Davis.

—¿Cínica?, ¿Por qué estoy siendo cínica según tú? —Tenía

la piel de gallina y escalofríos a pesar de haber logrado ponerse el abrigo.

—¿Querías que me sintiera mejor? Pues no lo has conseguido, Alice.

Davis cortó el aire de dos violentos manotazos.

—Solo quería que volvieras a tu ambiente, que te divirtieras, Rick.

—¿Ahora sabes lo que me divierte y lo que no, Alice? ¿Sabes qué es exactamente lo que pasa?

Ella abrió la boca, pero no respondió. Negó dándole pie a que se explicara.

—Lo que pasa es que no me conoces. No lo haces en absoluto. Para ser sincero, si no estuviera del modo en que estoy nunca habría tenido nada contigo. No me gustas, no me has servido más que de desahogo. Era eso o pagar a una puta, y no es que la pensión que me ha quedado me dé para ir gastándola en zorras. Te pusiste a tiro y yo solo he aprovechado la situación.

Se obligó a no dejar de mirarla mientras soltaba por la boca todas aquellas indecencias, aquellas enormes y bárbaras mentiras, del modo más convincente y ruin posible. Debía parecer sincero, y mucho, porque era justo lo que no estaba siendo, y ella le conocía incluso mejor que su propia madre. Esto no podía continuar y para que Alice dejara de quererle y pasara a odiarle debía dañarla de verdad.

Ella no podía llorar, ni gritar, ni suplicar, ni maldecir. Se había quedado inmóvil como una estatua congelada, salvo por los dientes, que le castañeteaban tanto de frío como del disgusto, que había logrado anegarle los ojos ya desbordados de lágrimas. «Jamás serás un entretenimiento» le había jurado él en su día, pero todo había sido una mentira. Todo lo que habían vivido durante aquel tiempo había sido una asquerosa mentira.

Rock vio a Becky salir del edificio seguida de Ashton y se obligó a sonreír.

—No te quiero y nunca te he querido. Estoy cansado de fingir y de hacer el gilipollas —mintió, mientras en su propio interior también hacía estragos el dolor que le estaba infligiendo a ella.

Alice sentía que se quebraba, rompía, despedazaba por dentro. Las manos de Becky la agarraron por los hombros para que no cayera.

Él apartó la mirada y dijo secamente:

—Mañana volveremos a Silver Spring. Sacaré todas mis cosas del apartamento. No volverás a verme, tranquila, Alice.

El mundo giraba, daba vueltas en torno a ella con las

palabras de él resonando en su mente. No la quería y nunca lo había hecho. A Alice lo único que la sostenía en pie ahora mismo eran las manos de Becky. Ellas eran las que impedían que cayera en la más fría oscuridad. No obstante, tal vez hubiera preferido sucumbir y caer en esta para no emerger jamás. Se recogió contra el cuero del asiento en el coche de Becky, quien le hablaba cariñosamente pasándole el cinturón de seguridad, pero Alice no la oía, tan solo oía como un eco machacón en su cabeza las terribles palabras de Rick: «No te quiero, no te quiero, no te quiero...». Las alas de las golondrinas tatuadas en su espalda se quebraron, las plumas se tornaron polvo y el último aliento de aquellos preciosos pajarillos se escapó por sus finos picos... Rick Davis nunca la había querido.

—Conduzco yo —dijo Ashton secamente.

Rock no había visto cuándo Becky había metido a la pobre Alice en su propio coche, volvió la vista hacia su hermano al oírle decir que conduciría él. No discutió y, una vez sentado en el asiento del copiloto, soltó:

—Si tienes algo que decir, hazlo ya.

—¿Tenías que hacerle daño? —Las grandes manazas de Ashton hacían agonizar el volante por la presión, que era igual a la tensión en sus cuadradas mandíbulas.

—Eso no es asunto tuyo.

—Eres un jodido y puto cobarde —sentenció el Mayor.

—¿Un cobarde?

—Sí, ¿por qué mierda te casaste con Kayla? Yo te lo diré, te casaste con ella porque tenías que casarte según tú, y ella, además, te la mamaba bien. Tenía un par de tetas hasta arriba de pegamento, o lo que sea, y dijiste: pues esta —concluyó Ashton mentándola con mal fingido humor. Con la vista fija en la carretera siguió hablando y alzó una mano, impidiéndole a Rock responder, luego la bajó y la colocó de nuevo en el volante—. Después del accidente estabas para el arrastre y creíste que tu mujercita seguiría a tu lado; pero, amigo, te dejó tirado como a un perro y no te dolió porque tú la quisieras, sino porque pensabas que ella estaba loca por ti. Te diste de bruces con la realidad y eso fue lo que te dolió de verdad; y ahora, ahora encuentras a Alice, a la que realmente quieres, porque estás enamorado de ella hasta las trancas, y vas y la largas de tu vida porque tienes miedo al futuro. Sí, eres un jodido cobarde y siento vergüenza de ser tu hermano ahora mismo.

—Si estoy enamorado o no es mi problema. ¿Algo más? —preguntó Rock centrándose en no quebrar la coraza de hielo que se acababa de crear, y a fin de cuentas en casa había suficiente vino caliente como para pillar una buena cogorza. Se las apañaría e iría resacoso a Silver Spring. Sería mucho mejor, le haría más soportable el viaje, por mucho que suene completamente estúpido. Que Ashton le dijera que sentía vergüenza de ser su hermano dolía, pero no tanto como el hecho de perder a Alice. Becky probablemente no volvería a hablarle en la vida, y el resto de las Davis más de lo mismo. No importaba, pues la partida de Alice era lo peor de todo.

—Rectifica —insistió Ashton—, dile que la hija puta de tu exmujer te ha hecho comportarte como un capullo, que te ha entrado el pánico y por eso has reaccionado de esa forma descabellada.

—Está todo mejor así.

—¿Mejor así? ¿Estar solo es mejor? ¿No tienes suficiente con nuestra hermana viuda? Se ha quedado sola, ¿y tú quieres sobrevivir del modo que lo hace ella? —Ashton dio un volantazo hacia la derecha, detuvo el vehículo y lo miró con los ojos chispeantes de ira—. Lo de Rhonda es muy diferente, a ella no le queda otro remedio; pero a ti, a ti no, ¡coño! Esa mujer se ha enamorado de ti estando tú en una silla de ruedas, no antes. Te quiere tal y como eres, en eso consiste amar a alguien. Te quiere tanto por lo bueno como por lo malo. No eres menos hombre por estar en una jodida silla, no serás menos marido ni menos padre por eso, Rick —espetó Ashton llamándolo por su nombre por primera vez en mucho tiempo.

—No entiendes que yo no quiero joderle más la vida a Alice —le dijo Rock sin mirarle.

—No, no, no te equivoques; se la acabas de destrozar ahora, así que sé un hombre y arréglalo.

—No puedo, ya está hecho —respondió Rock en un tono plano.

Llegaron a casa cuando daban las doce: Año Nuevo, ruina nueva. Entraron justo cuando Becky salía de la cocina con una taza de lo que parecían unas hierbas humeantes. Ella lo miró con el mayor desprecio y, pasando a su lado por el pasillo, subió las escaleras hasta uno de los dormitorios de la planta superior. Eso quería decir que la habitación que ellos habían compartido estaría vacía, o casi. Rock se fue a ella y acabó en la cama. Efectivamente, la habitación estaba vacía del todo, ni siquiera Thor estaba durmiendo detrás de la puerta. Se encontraba solo, completamente solo, y solo estaría de ahora en adelante. La fragancia de Alice impregnada en las sábanas le impidió conciliar el sueño.

Las mañanas de Año Nuevo acostumbraban a estar llenas

de alegría, de *scones*, huevos revueltos, beicon, chocolate caliente y **pandoro**. Sin embargo, esa mañana no. Davis se irguió en el colchón y se puso lo primero que encontró para ir a la cocina. Sus padres estaban sentados a la larga mesa. No había nadie más, solo el rastro de que los otros ya habían desayunado. Soltó un escueto saludo:

—Buenos días.

—¿Lo son? —preguntó el Coronel dando un sorbo a su café extrafuerte, mientras que mamá ni tan siquiera lo miró, ocupada como estaba en partir una galleta; solo galleta, nada de *scones*, huevos revueltos o chocolate.

—Para algunos sí —respondió Rock.

—No deben de pertenecer a esta casa —comentó el Coronel siguiendo a su hijo con la mirada—. Tus hermanas no están, Ashton y Becky tampoco.

Rock detuvo la silla e inclinó la cabeza buscando a Thor bajo la mesa, pero solo vio a los pitbulls.

—Se han ido temprano a Washington.

—¿A Washington? —Rock se quedó más blanco que la leche de su tazón.

—Bueno, eso, a Silver Spring. Pues sí, Rick, tú no tendrás que ir para nada. Ellos se encargarán de la mudanza. —El Coronel asintió acabando con la bomba de cafeína. Se levantó de la mesa, pellizcó cariñosamente la mejilla de su mujer y masculló: —Voy al taller, quiero acabar la maqueta.

Sin pronunciar una palabra más fijó una severa mirada en su hijo y con eso lo dijo todo. El Coronel se marchó seguido de los perros.

Durante varios días la decepción estuvo presente en la mirada de todos los que rodeaban a Rock, apenas pronunciaban las palabras justas. A las dos semanas las frases ya se alargaron, pero aun así se notaba la frialdad en ellos, salvo en Becky, que simplemente no le dirigía la palabra. Varias noches Davis sacó el anillo del cajón y abrió la cajita de terciopelo rojo para mirar el brillo del solitario. Lo acariciaba con la yema de los dedos y volvía a encerrarlo en el cajón.

La casa que se había comprado antes del accidente y que había pensado compartir con Alice estaba casi lista. Rock necesitaba ocupar su mente y volver a trabajar con las manos, sentirse útil. Eso le ayudaba a sobrellevar la falta de ella, aunque eso de que la distancia es el olvido es tan solo la primera línea de **La barca** y no necesariamente un dogma de fe. Cada pincelada de pintura, cada teja puesta o viga colocada le hacían pensar en ella, en ella y siempre en ella. Era asombroso como con la ayuda de un carpintero del pueblo habían remodelado la casa por completo en menos de cuatro semanas. Toda escalera había sido eliminada, adaptando así la vivienda a sus necesidades mediante rampas.

—El suelo del dormitorio principal ha quedado bastante bien. Pensé que era muy oscuro, pero con la luz que se filtra por el ventanal y el color de las paredes queda muy cálido. Buen trabajo, sí, señor —carraspeó Rock mirando de soslayo a un sudoroso Asthon. Este le dio una palmada en el hombro, y la palmada se tornó agarre cuando le preguntó:

—¿Y qué estás haciendo en el jardín tú solito, Rock?

—Cosas mías.

—Ya. He oído que no te tienen mucho cariño en la base ahora mismo. Parece ser que eres un entrenador bastante hijo de puta, con perdón de nuestra santa madre. —Ashton apartó la mano mostrando una sonrisa socarrona.

No eran uno ni dos soldados los que habían salido mal parados de Irak, y la cuestión no era apartarlos como juguetes rotos. Rock tenía su carácter intacto y en perseverancia no le ganaba nadie. Al principio, cuando le propusieron el trabajo se había negado en rotundo, aunque a los dos días, sin nadie saber cómo o por qué, había dicho que sí. Aceptar el trabajo, verse rodeado de nuevo de los suyos, del ambiente en el que se había criado le había sentado muy bien. Huir no era la solución, había sido un cobarde durante demasiado tiempo. Había desperdiciado demasiados meses queriendo dejar al margen algo que formaba parte de él, y eso había estado a punto de destruirlo.

—¿Vas a pasar la noche aquí? —preguntó Ashton.

—Sí, me quedo —respondió Rock.

—Entonces yo me marcho ya. Tengo que ducharme y cambiarme antes de que Becky llegue a casa con las tres niñas en tutú —lo dijo apoyando las manos en sus caderas y echando los hombros hacia delante y hacia atrás varias veces—. No entiendo por qué, siendo como es su madre y yo, fan de Los **Redskins**, ellas prefieren el ballet.

—Ashton, ¿te gustaría más que lucharan en el barro o que quisieran ir a clase de *pole dance*?

Este, alejándose de la mirada asesina de Ashton, avanzó por el caminito de baldosas alzando una mano para despedirse. Entró en la casa, fue al baño a lavarse los brazos y la cara. En el salón pasó de la silla al sofá de cuero beige, y se recostó con la mirada perdida en el precioso entramado que formaban las vigas de madera. Al cabo de un rato le entró sueño...

—¡Olvídate de la pasta!, ¡sándwiches de huevo!

Sonaba el «*pit pit*» del horno, que vomitó una negra humareda al abrirse la puerta. Alice encendió el extractor y abrió la ventana, pero la tos pudo con sus pulmones.

—Creo que la temperatura era demasiado alta —dijo Rock mirando la negrura de la pasta casi carbonizada.

Eran unos **macaroni and cheese**, hechos paso a paso y siguiendo la receta, pero en ella no se carbonizaban; ese paso lo había añadido la escultora.

—Los sándwiches de huevo son una buena idea para el colesterol, y hasta fabulosa si se comen unas cuatro veces a la semana —repitió él viendo la cara de disgusto de Alice—. Vamos, nena, la próxima vez comprueba que el horno no esté a ochocientos grados y todo irá bien. Además, nos ahorramos el pienso, Thor ya tiene cena.

Davis miró aquella cosa medio negra que humeaba y sonrió entre dientes cuando el perro alzó la cabeza de entre sus patas al oírle pronunciar su nombre.

Alice le lanzó las manoplas a la cara.

—¡Serás idiota! No nos ahorramos el pienso. Thor, tú ni caso —dijo antes de acercarse con ese bamboleo enloquecedor hacia su Davis. Se sentó sobre las piernas y rodeó el robusto cuello con sus brazos.

—Estás sudado y hueles mal, ¿sabes?

—Piensa que soy un gladiador, eso a las mujeres os excita.

—Yo te prefiero limpito y oliendo a... rosas.

—Como quieres ese bonito invernadero para poder trabajar, tengo que dejarlo listo cuanto antes y eso me hace sudar —explicó Rock imitando el asentimiento de cabeza de ella.

—¿Solo eso te hace sudar?

—No.

—¿Y qué más te hace sudar?

Alice pasó los dedos por debajo de las finas tiras de la camiseta de tirantes que él vestía.

—Tú.

—¿Yo?

—Sí, usted. No ponga esa cara de inocente, señorita —afirmó Rock acariciándole una de las rodillas para luego ir subiendo lentamente al muslo como sin querer.

—¡Soy inocente!

—Últimamente no me lo pareces nada.

—Será la primavera...

—¿La sangre altera?

—La sangre y algo más, me vas a agujerar la pierna.

Alice rio escondiendo la cara contra el cuello de su amado

héroe y mordió levemente justo donde latía la yugular. Él metió la mano por debajo de la falda y acarició la blanca y suave piel. Bajó la cabeza hasta que logró que sus labios hicieran contacto.

—¿Solo la pierna? —Cerró los ojos elevando un poco la cabeza y pasó la punta de su nariz por el pelo de ella.

—Puede que mientras tú me agujerees yo te diga que te quiero, aunque tú no me lo digas muy a menudo.

—Una vez al año está bien.

—¿Pueden ser dos este año?… Por variar, digo.

—Te quiero y nunca he dejado de hacerlo —aseguró este antes de besarla. Movió la silla con ella en su regazo para subirla al dormitorio, pero la escalera era ¿infranqueable...?

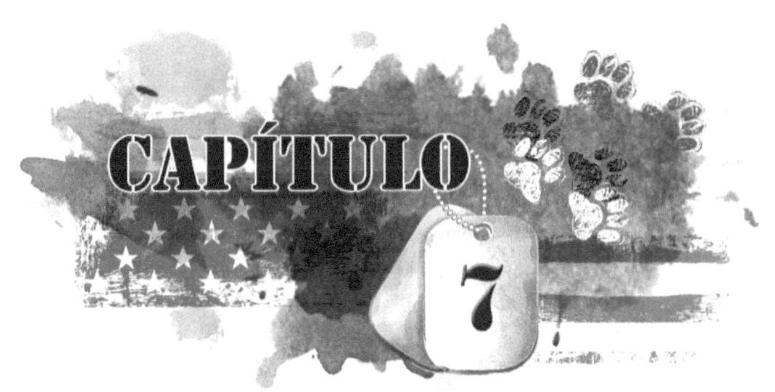

CAPÍTULO 7

En su cabeza y en su alma sonaba *Amazing grace*. La arena ardiente lo cubría todo y espirales de polvo se elevaban y enroscaban en la luz cegadora del mediodía.

«¿Es esto la muerte? ¿Este silencio y esta calma? **Átropos**, la tercera Moira, tan avispada ella, ya ha llegado. Se me ha llevado sin mostrarme su rostro, sin darme su mano huesuda. Ha cortado la hebra con sus malditas tijeras y tú has caído en combate, Teniente. No eres más que otro marine que se suma a la larga lista del día. Que no haya pena o arrepentimiento, has caído por defender a tu país y con ello a todos sus habitantes. ¡Eso! Eso te hace alguien importante. Ahora solo queda descansar, adormecerse en esta nebulosa polvorienta.

Duerme mi niño, mi valiente soldadito.

Suena extraño, pero incluso muerto puedo sonreír, pues el arrullo de mamá me llega y me inunda.

Duerme, duerme mi niño, descansa».

—Davis.

«Descansar, dormir y no volver a despertar».

—Gilipollas.

«La voz, esa voz...».

—¿Mark? —preguntó Rock.

—No, soy el lechero.

—Pero tú...

—Estoy muerto, sí, y no he venido a llevarte de la manita para presentarte a San Pedro. Tienes que reaccionar, en casa te necesitan y a mí no me sale de los cojones que la palmes. Bueno, la verdad es que aquí mis cojones no cuentan. No ha llegado tu hora y punto.

—Sí, estoy muerto —replicó Davis.

—Y yo fui *cheerleader* de los Redskins, no te jode.

—Esa gracia te la hemos oído ocho millones de veces —protestó Rock.

—Y te la repito porque es cojonuda. Imagíname con faldita, con una peluca y dos coletas color caramelo, como llevaba la jovencita Ashley en *MONSTER NUEVA EDICIÓN*, aquella novela de BDSM que tanto te gusta.

—¿Entonces?

—Pues que reacciones de una puta vez, Rock. Tienes que volver a casa. Llevan rato llamándote, y sabes que es de muy mala educación no responder. ¿No los oyes?

—¡Teniente! —Las voces de Horton, Smith, Leeds y el resto de sus hombres llegaron a él reemplazando la de Mark como desde ultratumba. Davis se preguntó qué había ocurrido y si ellos también estaban muertos.

—Teniente, ¿me oye? —insistió la voz de Leeds.

Había rayos de luz abriendo huecos en la polvareda y ahora unas sombras delante de él. Rock notó una ligera presión en su pecho y el tacto de una mano en su cuello.

—Joder, Teniente, diga mierda.

—Mierda... —sus labios se movieron a duras penas para responder a Roberts. Una luz amarillenta abrasaba sus pobres retinas y un sabor salobre le resecaba la boca. Parpadeó y vio varias caras muy cerca de la suya. Oyó a Spencer a lo lejos preguntando si el Teniente estaba bien.

«Entonces no estoy muerto, ¿no? Pero ¿dónde está Mark?, ¿dónde está el sargento Mahon?».

—Roberts, avisa que estén preparados... —dijo Leeds, y Davis no oyó nada más.

Sus oídos pitaban escandalosamente, pero su vista se agudizó. Efectivamente, no estaba muerto, o por lo menos no del todo.

—¿Qué coño entendéis por es una orden? ¿Qué hacéis aquí? —increpó Davis. Sí, estaba bastante vivo y se dio cuenta al tratar de moverse. Sintió como si fuera a partirse por la mitad—. Jod... —Rock no acabó y no intentó volver a incorporarse.

—Ya sabe, Teniente, ningún hombre se queda atrás —dijo Casas—. Y eso le incluye a usted, señor.

—Panda de hijos de puta. Os di la orden de largaros...

Davis sabía que estaba sangrando. Ahora lo notaba y lo que le dolía eran las piernas y sobre todo la espalda. Eso era bueno, o por lo menos siempre le habían dicho que si dolía era una buena señal. La visión se le tornó borrosa, completamente distorsionada. Todo negro. No hubo más color ni sonido, ni cuando lo trasladaron al Hawk y este despegó, ni tampoco en el hospital. Todo era oscuridad, profunda e impenetrable oscuridad. Varios días después, Rock despertó en aquella cama de mal recuerdo. Calmantes, antibióticos y demás porquerías médicas lo tenían atontado, pero no lo suficiente como para no entender que lo suyo no era una pata rota. Días más tarde, cuando no lo tenían tan drogado, todos sus temores se confirmaron. No era una pierna rota, eran ambas y por varios sitios, aunque lo peor era el gran traumatismo en su columna vertebral. Había que tener fe.

En el hospital, Ashton corrió la cortina para tener algo de intimidad. Se quitó la gorra y la sujetó con ambas manos. Avanzó hasta quedar a la altura de la cabecera de la cama de Rock.

—¿Qué tal estás, chico con suerte? Tienes al Coronel preocupado. Le he dicho que iban a trasladarte a casa, posiblemente la semana que viene, e insiste en venir para acompañarte. Ya sabes, hará un par de llamadas. Estará retirado, pero aun así es y siempre será el coronel Davis.

—No puedo levantarme ni para mear, ¿cómo estarías tú, capullo? ¿Qué coño pasa? —gruñó Rock por la sonrisita de este.

—No todo es una mierda, ha llegado algo para ti hace una media hora.

—¿La letal? —preguntó Rock en tono mordaz.

—No, después de lo que has hecho tendrías que estar contento —gruñó Ashton a su vez. Dejó de remover el chicle en su boca—. Han traído algo para ti y no puedes estar con esa cara de culo.

Rock fingió una sonrisa.

—¿Contento? ¿Te parece mejor así? —masculló apretando los labios.

—Solo te falta espumar y así pasar por perro rabioso.

Ashton se puso la gorra de nuevo y caminó hasta la cortina. Señalándolo con el dedo índice, justo antes de correr el vaporoso material, le advirtió:

—Sigue con esa especie de sonrisa y no preguntes cómo.

Alice estaba ahí, ¡ahí mismo! Vio como la blancura de la tela acababa de correr por el raíl, y ella se comió la distancia abalanzándose sobre él. Suerte que de cintura para arriba tenía movilidad; si no, no hubiera podido rodearla, estrecharla y hasta casi subirla sobre la camilla. Rock bajó la cabeza para poder besar la coronilla color zanahoria.

—¿Qué haces aquí?, ¿cómo has venido? No me gusta que estés aquí, Alice, no me hace ni puta gracia.

—Te han dicho que no preguntes cómo. —Alice tenía la cara enrojecida por las lágrimas—. A mí sí me gusta estar aquí.

Es más, no hay otro sitio donde deba ni quiera estar que no sea este, Rick. —Los labios de él respondieron a los suyos, aunque negaba con la cabeza y continuaba con el discurso de que ella no debería estar allí, que no era sitio para ella—. Para tus hombres ahora mismo eres un héroe, ¿lo sabes?

—Ellos se han jugado las pelotas para recogerme y ¿el héroe soy yo? Venga ya, nena, por favor.

—Cállate por una vez y déjame acabar.

—Vale, vale, acaba.

—Creo que hay muchas maneras de ser un héroe, es decir, que hay muchos tipos de héroes diferentes, pero lo que has hecho tú es... De acuerdo, tú le llamas deber, sin embargo, para mí es mucho más. Haces que me sienta tan orgullosa de ti.

—¿Incluso si no vuelvo a caminar, por mucho que digan ahora?

—Incluso si no vuelves a hacerlo —juró Alice con los ojos fijos en los negros de Rock. Apoyó la mejilla en la palma que la acariciaba—. Yo, Alice, te quiero a ti Rick como marido, me entrego a ti y prometo serte fiel en las alegrías y en las penas, en la salud y en la enfermedad.

¡Que no volvería a caminar, pues «cojonudo!». Ella estaría allí y eso lo curaba, lo sanaba todo. Rock pondría de su parte todo lo que hiciera falta y más, sudaría sangre si fuera preciso, pero él iba a estar más que bien teniendo a esa despampanante rubia oxigenada... Rompió el beso y apartó la cabeza ante su cara, el pelo zanahoria de Kayla entre sus dedos. «Kayla..., Alice». Era Kayla la que le había pateado al saber que no volvería andar. La misma que le envenenó los oídos la noche de Fin de Año y... «Alice». Él la había echado.

Esta vez Rock despertó sudando a mares. Acabó sentado en la cama con la conciencia hecha jirones. Y los días se sucedían con sus noches y él no soportaba, no soportaba seguir soñando y que Alice no estuviera allí para susurrarle que eso había sido tan solo otra pesadilla. No aguantaba más tiempo, de ninguna manera podía con esa situación ya, se arrastraría, le diría que a pesar de su *handicap* se esforzaría por hacerla feliz. Rock salió de la cama, se vistió con lo primero que encontró y fue al coche. Una vez sentado al volante, plegó la silla y la colocó en el asiento del copiloto, que siempre tenía el respaldo tumbado cuando él iba solo. De madrugada condujo hacia Silver Spring. Una vez dejó atrás la Interestatal 95, se metió en la 395 para cruzar Washington. Conducir se había convertido en una especie de suplicio de **Tántalo** por el atasco de las horas puntas. Antes de las 7. a.m.

llegó por fin a la casa donde había disfrutado de tantos días felices. Desplegó la silla para llegar hasta la puerta de entrada, donde, sin dudarlo un segundo, llamó al timbre. Davis se preparó para volver a verla, probablemente en bata, completamente despeinada, con un ojo cerrado y el otro medio abierto, acompañada por Thor pegado a sus piernas para fisgonear.

—¿Quién es usted? —preguntó de mal humor la desconocida de mediana edad con cara de mastín y obesa.

Alice debía de haber alquilado el apartamento, pero en todo caso sería el de abajo y no el de arriba, ya que allí estaba el taller. Y la cabeza del bóxer tampoco asomaba.

—Buenos días, busco a la propietaria del apartamento —dijo Rock.

—Ya me ha encontrado —respondió visiblemente cabreada—. Yo soy la propietaria del apartamento.

—¿Usted? —preguntó chocado.

—Sí, yo, tanto del apartamento de arriba como del de abajo. —Ella sacudió la cabeza repleta de rulos—. Señor, ¿sabe qué hora es?

—Mire, hace unos meses yo vivía aquí... —empezó a decir Davis.

—¿Y se dejó algo? Si me va a decir que sí, lamento comunicarle que cuando los de la inmobiliaria me entregaron las llaves todo estaba completamente vacío.

—¿No tendrá idea de dónde podría encontrar a la antigua dueña? —Él no podía perder la esperanza. ¡No señor!

—La verdad es que no. Siento no serle de ayuda, joven, pero se me hace tarde y entro temprano al trabajo.

La mujer cerró la puerta sin esperar a que él se disculpará o tan siquiera se despidiera. Rock se fue al bar de Cody, en la esquina de enfrente, a desayunar. Nada sabían de Alice allí, ni tampoco en la lavandería de la señora Perkins, ni en el pequeño supermercado del señor Mathews, ambos locales abiertos veinticuatro horas. Preguntó hasta en el Cheers que ella solía frecuentar. Alice estaba fuera de circulación y él se sintió fuera de combate. Davis pronto se recuperó, buscó el número de Charlize en la guía de teléfono. Lo encontró rápidamente y llamó, pero al identificarse como Rock ella directamente le colgó. Eso fue un golpe bastante directo que le dejó *K.O.* No tuvo más remedio que volver a Quantico con el ánimo por los suelos.

Al mediodía, sentado a la gran mesa del comedor junto con toda la familia, más que comiendo, estuvo mirando su plato, inmerso en negros pensamientos. Él estaba ahí, pero su mente estaba en otro lugar.

—¿Cansado, capullo? —dijo el teniente Davis.

—No —respondió Mark dando un trago a la botella de agua—, ¿y tú? —preguntó sin mirarle mientras este se sentaba a su lado en la tabla anclada a la pared que hacía de asiento. Desde ahí, donde se quedaron un buen rato protegidos por un toldo de los rayos implacables que caían sobre sus cabezas, podían ver el movimiento en el *parking* de la base. Varios soldados estaban enfaenados limpiando los Humvee, cubiertos de polvo y arena. Mucho más cerca, un grupito de jóvenes con pinta de estudiantes jugaban con una pelota ovalada como si estuvieran en el campus de su universidad y no en el infierno de Irak.

—No demasiado, y, eso sí, más tranquilo. Ashton acaba de llegar con su unidad y todos de una pieza —respondió Davis agradeciendo el trago que su cuñado le ofrecía—. En nada se nos unirá para que nos tomemos unos chupitos de... ¿zumo de naranja?

—¿Y qué tienen de malo los chupitos de naranja?

—¿Que no tienen alcohol? —preguntó Rock haciendo gala de su tono más sarcástico.

—Empiezas a parecerte a tu hermana, como toda mujer respondes con una pregunta.

—Por lo menos tu mujer te hace preguntas —espetó Davis.

—Pero a ti te gusta que la tuya sea así, ¿no? —Mahon lo miró.

—¡Pues sí! —Rock se apoyó en la pared. Sus gafas de sol reflejaban un extraño panorama ante sus ojos—. No me quejo, Kayla es..., es... una buena mujer.

—Querrás decir, Alice.

—¿Qué? —volvió la vista hacia Mahon.

—Ve a por ella. Tantos cojones para la guerra y tan pocos para recuperarla. —Mark lo miró intensamente—. Ve a por ella, ve a recuperar a tu Alice.

El sargento Mahon desapareció... Todo aquel escenario se esfumó cuando el Coronel le dijo:

—¿Otra vez soñando despierto, hijo?

Esta vez lo había estado haciendo en casa de papá y mamá, en mitad de una comida familiar. Rock se avergonzó por no saber tomar la decisión de arriesgarse, tenía miedo de verse rechazado; él que había arriesgado su vida en el campo de batalla.

—A Kayla Stewart la han pillado con el sargento Crawford, y no precisamente haciendo manitas —dijo Rhonda pasando a su plato un par de buenas cucharadas de guisantes—. La señora Crawford le ha pedido el divorcio y, al parecer, varios han exigido vetar a doña balones de playa el acceso a según qué recintos oficiales. —Rhonda le pasó el cuenco a Ruth poniendo sus oscuros ojos en los del Coronel—. Creo que deberías apoyar la moción papá y tú, Rock...

—Dime —respondió él con los ojos perdidos en la comida que seguía llenando su plato.

Rhonda ciñó su mirada esta vez en Rock y dijo:

—No te tortures más. Si quieres tener la posibilidad de recuperarla, súbete al coche. Ya sabes, expone en la galería Leverson. El *vernissage* es esta noche a las ocho.

La silla salió disparada como un *dragster*.

Becky le persiguió a la carrera como si fuera en su *F-15* hasta alcanzarle ante la puerta. Sacó del bolsillo un folleto y una invitación y se los tendió.

—Te mereces que ella no te perdone, pero todos los que estamos aquí deseamos que sea lo contrario por el bien de ambos.

Los oscuros ojos de Davis miraron los claros de su cuñada y agarró el díptico y el tarjetón.

—Gracias.

Ella asintió añadiendo:

—Nosotros quedamos en que iríamos mañana para estar más tranquilos, hoy no se podrá ver mucho, pero Ashton te acompañará.

—No entraré contigo de la manita, pero la capital a esas horas va a ser un caos y no te vendrá mal tener un chófer —dijo su hermano mientras Rock mostraba mucha prisa para ir a su casa.

—Voy a... ducharme, afeitarme, vestirme... y volamos.

—Tranquilo, hombre, tenemos tiempo de sobra.

«Ashton y su lógica aplastante», pensó Rock al cerrar la puerta. Tan solo eran las tres. Davis estuvo pensando toda la tarde en lo que iba a decirle a aquella mujer que lo tenía como embrujado. Un escalofrío le recorrió el espinazo imaginando que ella pudiera estar liada con el dueño de la galería o con uno de aquellos escultores y coleccionistas «forrados» que entendían por arte recoger cualquier trasto en un contenedor de basura y tirarle encima un cubo de pintura. A las siete, entrando en Washington por la 395, Rock ya se golpeaba la cabeza contra la ventanilla del coche mientras su hermano conducía. Las agujas del reloj en su muñeca avanzaban sin pausa y demasiado rápido, y el coche, demasiado lento.

—¡¿Por qué mierda hay tanto tráfico?! —gritó el Teniente a pleno pulmón.

—Estamos a viernes y son casi las ocho de la noche. —Ashton lo miró de reojo—. Y esto es la capital del país.

—Joder... —profirió Rock alargando su brazo por encima del de Ashton para alcanzar y presionar la bocina. Volvió a colocarse correctamente en su asiento para bajar el cristal de su ventanilla y gritar:

—¿Queréis moveros de una puta vez? ¡Panda de gilipollas!

—El semáforo está en rojo, hombre —le dijo Ashton con el mismo tono que utilizaba cuando una de sus hijas sacaba el carácter materno—. Tranquilízate, no vas a llegar tarde.

—¡Estoy tranquilo! —gritó Rock de nuevo.

—Ya lo veo —asintió Ashton divertido cuando el coche volvió a ponerse en marcha. Dios debía estar de su parte porque encontraron una plaza libre en el mismo *parking* de la galería—. Te esperaré aquí. —Con el asentimiento de Rock añadió—: Lo peor que te puede decir es que te mueras. ¡Suerte, hermano!

Ni en pleno bombardeo enemigo había estado tan nervioso. A la izquierda de la entrada, la galería tenía una rampa para el acceso de personas con discapacidad. Rock presentó la invitación y le franquearon el paso. Entró en la sala principal, donde las esculturas de Alice le dieron la bienvenida. Mucha gente se agolpaba frente a ellas.

—Creo que ya le has hecho suficiente daño.

Davis se paró en seco reconociendo la voz de Charlize a su espalda. Se giró y la miró.

—Necesito verla, solo será un momento.

Tenía la sensación de que ella quería destriparle vivo, aun con ese traje pantalón tan caro que gritaba **Gucci**.

—¿Quieres verla después de todo este tiempo? Será mejor que vuelvas a casa y la dejes disfrutar de su primera individual, y si no, siempre me queda llamar a seguridad.

Charlize llevaba el moño bien ceñido en su cráneo y las grandes gafas de pasta negra se comían la mitad de su pequeña cara.

Rock inhaló cerrando los ojos y, al abrirlos, decidió soltarlo todo:

—De verdad que necesito verla. Serán solo unos minutos. Tengo un par de cosas importantes que decirle, no le joderé la noche. Lo sé, sé que he sido un hijo de la gran puta... —Se dio cuenta de que no era el momento ni el lugar adecuado para pronunciar aquellas palabras y rectificó—: Perdona, pero necesito que hagas el favor de dejarme hablar con ella dos minutos, dos minutos nada más, Charlize.

—He conseguido maquillarla y si se le corre la pintura porque la haces llorar, haré que pases la noche en comisaría por muy veterano de guerra que seas. Sígueme. —Charlize volteó sobre sus altísimos tacones y lo metió en uno de los despachos que había al final de la galería—. Voy a por Alice, tienes cinco minutos —le advirtió ella justo antes de salir y cerrar la puerta.

Rock puso la mano izquierda en su bolsillo pasándose la derecha por su cabeza siempre rapada. Tenía la vista fija en la puerta y tenía que tranquilizarse. Carraspeó cuando vio el pomo girar.

Alice apareció ataviada con un sencillo vestido muy elegante de color marengo y con la sonrisa en su boca de botón. Una ligera sombra negra enmarcaba sus expresivos ojos azules, que al verle pasaron de chispear a oscurecerse. Allí estaba el asesino de su corazón.

—¿Qué hace él aquí? —Se dio la vuelta para salir de la estancia; no obstante, Charlize le barrió el paso—. Déjame salir...

—Viene a arrastrarse como un gusano que es. Regodéate un par de minutos, Alice.

—Será solo un momento. Te lo prometo, nen... Alice. —Lo suyo hubiera sido acercarse y, agarrarla por las caderas hasta sentarla sobre sí y luego besarla, aunque... «Por el bien de tus pelotas mejor que no lo hagas, Teniente».

—También me prometiste que no volvería a verte. Di lo que tengas que decir y acabemos con esto. —Ella le dio la cara y cruzó los brazos encima del pecho. No estaba empezando a olvidarle, eso jamás; sin embargo, sí estaba sobrellevando la situación. Poco a poco iba superando el enorme disgusto. Los dos pasos que ella había dado hacia delante, él había hecho que los retrocediera. Alice siempre tan cálida y dulce, y ahora fría y amarga.

—Hace unos días fui al apartamento, pero tú ya no estabas ahí y nadie de la zona sabía dónde habías ido. Siento haber sido tan cabrón. Mi exmujer me llenó la cabeza de tonterías. Ya sé que no es una excusa —se apresuró a decir—. Alice, yo solo quería darte lo mejor, y lo mejor no iba a poder dártelo estando en las condiciones en las que estoy. Pensé que dejarlo era la opción más adecuada, y si encima conseguía que me odiaras, mejor que mejor.

—No te odio, Rick —admitió la mujer.

Davis se alegró de oír aquello, aunque los ojos azules le hacían sentir tremendamente culpable.

—Estoy trabajando en la base como entrenador, adiós a la pensión por invalidez. Es un buen trabajo, y al lado de casa, la he reformado. La casa... —Él apretó la mano en la calidez de su bolsillo.

—¿Quieres que te felicite por ello? —preguntó Alice.

—No. —Soltó el aire y bajó la mirada.—Lo que quiero es que

vengas a casa conmigo. Salvo por algún que otro mueble, está completamente acabada. Thor tiene jardín para babear y... —Volvió a mirarla—. He reproducido el invernadero del apartamento para que puedas trabajar. No está tan lejos de la ciudad. Y jod..., Alice, ya lo sé, no me merezco que te plantees la posibilidad de volver a estar juntos, pero he pasado mucho tiempo hecho polvo, queriendo huir de mí mismo. Creo que he madurado y ahora todo ha cambiado.

—No, no lo mereces. ¿Después de lo de Año Nuevo esperas que olvide todo y ya está? Me destrozaste, Rick, me habías jurado que nunca sería un entretenimiento para ti y cuando empiezo a levantar cabeza vuelves. Eso fue absurdo e insultante, preferiste dejarte llevar por tu exmujer y sus tonterías olvidando lo que teníamos.

—Déjame arreglarlo —pidió él.

—Te quería como eras, era indiferente para mí si caminabas o no. Tu gran problema es que crees que después del accidente ya no sirves para nada excepto para dar pena. ¿Crees que insistí en ir a la fiesta por placer? —Él sabía perfectamente lo tímida que era y lo poco que le gustaban los sitios abarrotados de gente, es más, si fuera por ella no hubiera acudido a la presentación de su propia exposición—. No, lo hice por ti Rick, para que vieras cuánto aprecia la gente lo que has hecho por tu país, y que no eres un soldadito roto y sin futuro.

Charlize llamaba a la puerta, pues los cinco minutos ya habían pasado y Alice debía volver para atender al público.

—No eres menos, eres más que antes de ir a Irak, Rick, porque no todo el mundo tiene el valor que tú tuviste, y por eso quería que te dieras cuenta de una vez por todas de lo importante que eres para ellos y eras para mí, así que espero de todo corazón que todo haya cambiado como dices.

Ella hablaba en pasado, lo quería por como era. Lo importante para ella había sido empujarlo a sentirse útil y no un soldadito roto.

—Espera, Alice, iba a proponértelo durante las vacaciones, me peleaba conmigo mismo para encontrar el momento. Me gustaría que te lo quedaras.

Alice apenas parpadeó. «¿Es un juego de pendientes? No tiene pinta. Había dicho proponértelo... ¿Proponerme el qué?».

Rock sacó la mano del bolsillo, aunque no sola. Dejó la cajita de terciopelo rojo sobre la mesa del despacho.

—Han pasado más de cinco minutos —suspiró Charlize— y no puedo dar más largas.—Había abierto la puerta de golpe, y menos mal que Alice se había apartado.

—He visto tus esculturas al pasar, me alegra saber que te va tan bien con tu arte, Alice —dijo Rock al oír el repiqueteo de los tacones de Charlize, impaciente porque él se esfumara.— Ya me voy, ya me voy.

Davis se marchó sin mirar atrás. Descendió la rampa junto a las escaleras de acceso al aparcamiento donde Ashton, recostado contra el coche, se estaba fumando un Marlboro. Al llegar a su altura extendió una mano pidiéndole uno. El humo entró veloz a sus pulmones. Se metieron en el coche sin hablar, y tampoco lo hicieron de camino a casa. Quedaba claro que Alice se había negado, el karma había hecho su trabajo.

Más tarde, Alice acarició el terciopelo bermellón que forraba la cajita. Llevaba dos horas dándole vueltas al asunto, rezando para que los invitados se marcharan de la galería y poder regresar al despacho y abrir aquella cajita que había guardado con llave en uno de los cajones. La tapa, al levantarse con un suave sonido, dejó resplandecer el solitario bajo las luces del techo. No era un juego de pendientes ni un broche, era un anillo de compromiso. Alice se sentó en la silla delante de la mesa dejando el cajón abierto ante tamaña sorpresa. No iba a engañarse a sí misma ni a nadie más. Ella le quería fuera un «capullo» o no.

Semanas después de decirle que no la quería, él ya no podía soportar su propia mentira y al final la verdad ganó esa batalla de la guerra en la que había luchado contra sí mismo. La mujer se preguntó si olvidarlo todo a cambio de un diamante.

—¿Nunca te has preguntando por qué nos enamoramos siempre de los cabrones? —preguntó Charlize parada en la puerta.

—¿Dices eso por tu nueva condición de divorciada?

Ese había sido el tema sobre el cual debían de haber hablado las dos con más tranquilidad cuando la llamó en Año Nuevo.

—Supongo que eso influye en mi opinión, pero escucha, deberíamos irnos con el hombre que nos cuide, proteja y quiera sin dañarnos nunca, pero ese hombre no existe.

—Yo no he dicho que vaya a irme con él. No te hagas ideas raras —respondió Alice cerrando la cajita y tirándola al interior del cajón.

—No me las hago, ¿nos vamos? —preguntó Charlize entrando en busca del bolso y del abrigo. Recogió ambas cosas.

—Nos vamos.

SEMANAS MÁS TARDE...

—Pero..., pero ¿qué coño? ¡Serás imbécil! —«Solo me faltaba encontrarme a un gilipollas que no sabe conducir un camión de mudanzas y que encima no te cede el paso. Esto es una jodienda como un templo, coño. En media hora tengo que estar en casa para ver la Superbowl, ¡Cabrón!». Davis temió que iba a tenerlo delante hasta llegar al cruce por donde debía girar a la derecha para ir a su casa. Ahí seguramente el camión seguiría recto y él llegaría a tiempo para escuchar el himno nacional interpretado por Aretha Franklin, su cantante preferida. A pesar de haber llegado a soportar a Michael Bolton cuando vivía con Alice, estaba ansioso por llegar porque, además, en el intermedio iban a actuar los Rolling Stones, sus satánicas majestades, de los que él era un absoluto incondicional.

—¡Menuda putada! No, no, no me jodas —exclamó él viendo que el otro no iba recto, sino que también torcía a la derecha. Atrás, Rock llevaba dos cajas de cervezas heladas que a ese ritmo se calentarían, y la panda de «cabrones» que tenía por amigos iba a asesinarle por ello. «¿La Superbowl sin birras bien frías? ¿Dónde se ha visto eso?». Tampoco quería perderse el enfrentamiento entre los fans de los Pittsburgh Steelers y Tandler, el fanático de los Seattle Seahawks.

—¡La carretera es de todos! —le ladró el conductor bajando la ventanilla tras aparcar.

—¿Puedo saber dónde coño se ha sacado el *carnet* de conducir...? ¿En una puta feria ambulante? —preguntó Rock entre dientes deteniendo el coche al lado del camión—. Y haga el favor de aparcar al otro lado de la calle, no quiero tener la mala suerte de que no haya puesto el freno y me joda el césped.

—Oiga, aquí es donde tenemos que descargar. ¿Qué número? —preguntó dando un codazo al chico que iba de copiloto.

—Doscientos veintiuno —contestó enseñándole el papel.

—Será otro doscientos... —soltó Davis definitivamente cabreado.

El chófer se fijó en los datos y ratificó:

—Sí, sí, es aquí.

—No, eso estará equivocado —insistió Rock, mirando asombrado por la ventanilla como se acercaba su hermano seguido de Casas, Sandler y Leeds—. Ashton, ¿qué coño pasa y qué hacen estos aquí tan pronto?

—Aparca.

—¿Que aparque?

—Venga, aparca.

No estaba de humor para que vinieran a hacerle bromas pesadas. Davis tuvo que aparcar enfrente del garaje, abierto y repleto de cajas que por la mañana no estaban ahí.

—Vamos a ver..., ¿qué mierda pasa?

Después de aguantar media hora tragando gases detrás del camión ya podría matar alguien y Ashton acababa de ponerse a tiro, así como los que habían llegado antes de hora a su casa. Rock abrió su puerta, cogió la silla y la desplegó en el suelo a su lado.

—Ya te estás explicando, Ashton. Si con la ayuda de estos gilipollas vienes a traerme todas las cajas de porno y demás guarradas que tenías en casa porque Becky te las ha pillado y necesitas un puerto franco para esconderlas, lo llevas claro. —Sentado en su silla, cerró la puerta de un sonoro golpe.

—¿De qué te ríes?, ¿qué hacéis en mi casa?

Intentó moverse alrededor del coche para sortear las cajas como en una *yincana*, pero no lo logró. Sandler y Leeds estaban entrando cajas y más cajas, y simplemente lo saludaron como si eso fuera la mar de normal.

—No me hace ni puta gracia... Ashton, ¿qué..., qué...?

De pronto Rock sintió humedad sobre el muslo; luego, una pesada calidez.

—Chico... —masculló dándose cuenta de que la cabeza de Thor había encontrado apoyo en su pierna. Acarició la cabeza del baboso.

Alice avanzó apartando con el pie una de las cajas, pegándola bien a la pared.

—Gracias por ayudarme con la mudanza, gracias a todos, chicos —dijo la mujer premiándolos con su mejor sonrisa.

Ashton volvió a ayudar al resto de la tropa a descargar.

—Muy bien, Rick, ¿dónde meto los CDs? —Alice pestañeó al no obtener respuesta. —Rick, ¿los CDs?

Rock ya no se acordaba de las cervezas ni de la Superbowl. Thor, con la cabeza reposando sobre su pierna, babeaba de lo lindo. Alice había aparecido en pantalones viejos, deportivas y una sudadera con **ARMY** en el centro que debía de haber sacado de su propio ropero. Sujetaba una caja con su gran colección de CDs de Michael Bolton.

—¿Los CDs, Rick? —repitió la mujer.

—Alice..., ¿Qué haces aquí? —medio tartamudeó el Teniente.

—Mudarme —respondió ella. Toda la espesura del cabello zanahoria estaba recogida en una alta cola de caballo, y lo más importante de todo: el anillo brillaba en su dedo—. Rick, que la caja pesa —se quejó esta para que él se diera prisa.

—Donde..., donde quieras —trastrabilló Rock.

—Vamos, Thor —silbó Alice abriendo la puerta que daba del garaje al interior de la casa, y entró al recibidor con el perro siguiéndola alegremente.

«¿No será qué estoy soñando otra vez? No, no, Teniente, no puede ser». Las babas en su pierna atestiguaban lo contrario tanto como el ruido de sus hombres moviendo bultos y el perfume de ella en el aire.

—Rick, he dejado los CDs en el salón porque es donde está el aparato de música. Mañana empezaré a distribuirlos. Unos, en el invernadero-taller y los otros, entre el dormitorio y el salón. Thor está en la terraza de la cocina, comiendo. No lo quiero por el jardín mientras entran las cosas —informó Alice.

El pobre Davis, parecía confuso en su silla al lado del coche.

—Me queda bien, me viene perfecto al dedo. No se me escurre, pero tampoco me aprieta —dijo Alice extendiendo la mano para que él viera el anillo.

—Entonces... —empezó a decir Rock; no obstante, ella le interrumpió.

—Nada de casarse en Las Vegas. En la parroquia de aquí estará bien, una ceremonia militar, como es costumbre. Señora Alice Davis Garrison, no suena mal, ¿no? —Debido a las gafas de sol, ella no podía ver si él parpadeaba o si por el contrario no lo hacía. Desde luego, palabras había pronunciado solo una—. Se me pasará el arroz, así que antes de dar el sí quiero iré al ginecólogo para comprobar que todo está en condiciones. Ah, y las paredes del comedor hay que cambiarlas de color. Por lo demás está todo perfecto.

El nudo de su garganta apretaba cada vez más, le iba a ahorcar. «Teniente, deja de jugar al ahorcado. ¡Reacciona!».

—¿Es una prueba? ¿Un vamos a intentarlo por un tiempo a ver si funciona? —quiso saber. Davis no se opuso a que ella se sentara sobre él. Su añorado peso encima de las rodillas era real, ya no era un sueño. Bajó la cabeza mirándola cuando ella se recostó contra su pecho.

—Por su bien, será algo a plazo fijo, teniente Davis.

Entonces él le acarició el cabello moviendo los dedos hacia un lado de la cara.

—¿Recuerdas cuando te dije que quería dejar de ser tu héroe? ¿Lo recuerdas? —Sintió la fricción en sus pectorales con el asentimiento de ella—. Quiero volver a serlo, pues mi comportamiento ha sido el de un antihéroe, Alice.

—¿Y quién te ha dicho que hayas dejado de ser mi héroe? —preguntó ella jugueteando con las placas que colgaban del cuello del Teniente. Los picos de las golondrinas tatuadas en su espalda se abrieron, llenaron sus pulmones de aire y, al entrar en ellos, las alas se extendieron. Las plumas que un día él transformó en polvo resurgieron como el ave Fénix y se agitaron en la blanca piel.

La sonrisa se apoderó de sus labios cuando los de Alice se aproximaron y Rock susurró antes de besarla:

—Entonces, no quiero ni querré nunca dejar de ser tu héroe.

EPÍLOGO

A pesar del carrusel y la dulce melodía de *Twinkle little star*, el dormitorio parecía un ***after hours***. Las sombras de colores de soles, estrellas y lunas con todas las formas de la galaxia titilaban sinfín en las paredes y el techo de la habitación.

La cuna, el cambiador, todo lo necesario había sido instalado a la altura ideal para que Rick pudiera moverse por la habitación sin problemas y sacar a Mark de la cuna y dejarlo sobre el cambiador sin tener que estirarse o hacer malabarismos para que el niño no se cayera.

Davis bajó un lateral de la cuna, alargó los brazos y cogió a Mark, apoyando sus labios en la delicada frente de su hijo.

Mark se esforzó para no apoyar la cabeza en el hombro de su padre, los ojos muy abiertos y barboteando mientras se agitaba con el sonido de las pezuñas de Thor trasteando por el dormitorio. Este se había convertido en su más fiel guardián, durmiendo al pie de la cuna desde que nació.

Rock tenía la sensación de haber estado esperando a ese bebé toda la vida, y eso que al sostenerlo por primera vez, envuelto en aquella sábana verde de quirófano, no era más que un feo amasijo de piel arrugada y enrojecida. Menos mal que había mejorado mucho, muchísimo. Mark Davis Garrison era la mejor combinación que podía haberse obtenido de sus progenitores: grandes ojos negros; el cabello pelirrojo, aunque en estos momentos, más que cabello, era pelusilla; la nariz de mamá, y aquella sonrisa juguetona de papá. Todo un terremoto con tres meses.

Alice se relamió, se estiró en el sofá y dejó la copa de vino blanco ya vacía sobre la mesita de café. Cogió el mando de la minicadena para apagarla, pero no lo hizo. ***Always on my mind*** de Michael Bublé sonaba suavemente en ese momento. Llevaba un vestido negro, más bien una combinación, medias de seda, tacones altos, los labios pintados... Estaba el vino, la cena que obviamente había encargado, «pues las clases de cocina hacen mucho, pero no te convierten en chef...», las velas, la chimenea. Todo preparado...

El Teniente lo había captado a la primera, lo había captado con tanta rapidez que había prescindido de la cena o, mejor dicho, había prescindido del primer y segundo plato y se estaba tomando el postre en el sofá... «¿Y qué clase de postre eras antes de que Rick se marchara?, ¿un helado?». Alice rescató el escurridizo tirante del vestido casi a la altura de su codo y se estremeció con el recuerdo de los labios de Rick besando el trémulo pulso en su carótida. Se cubrió la cara con las manos tratando de apagar el incendio que estos habían prendido en sus mejillas. Miró hacia la puerta esperando verle. Él llevaba por los menos diez minutos en la habitación de Mark y antes de marcharse le había dicho taxativamente que no tardaría... nada.

Rock suspiró saliendo del dormitorio, con Mark en brazos y Thor detrás. Con una mano controlaba la silla y con la otra sostenía al niño contra la amplitud de su pecho.

—Me temo que abortamos la misión —le dijo a Alice al entrar en el salón comedor.

—Abortada hasta nueva orden... —masculló Alice echándose hacia atrás en el sofá y estirando los brazos para que Rock le diera al niño.

Tras entregarle a Mark, Rick los miró: Alice acunaba al niño en su regazo, con uno de los tirantes de su vestido desterrado hasta su codo. Su cabello largo y pelirrojo suelto, y tentador para las infantiles manitas. La luz rojizoamarillenta proveniente de la chimenea y de las velas jugueteaba sobre la figura de ambos.

—*Little things I should have said and done, I just never took the time. You were **always on my mind.*** —canturreó Alice sosteniendo en su mano y contra sus labios la manita de Mark, que se empeñaba en tomar en la palma uno de sus mechones.

Davis se movió hasta la chimenea, irguió la cabeza para poder mirar la colección de fotografías sobre la repisa. Las instantáneas del día de su boda le hicieron sonreír, y eso que a pesar de pensar que ni siquiera podría bailar acabó haciéndolo, con Alice sobre su regazo en una nube blanca creada por la falda de su vestido de novia en torno a la silla. Se rio al ver la foto de Thor con pajarita al cuello bien babeada, todo un bóxer ataviado para la ocasión. Las fotografías de su luna de miel en Toronto y las instantáneas que Becky había tomado de Alice en el invernadero-taller, con las manos trabajando en un montón de barro aun sin rostro y con la blusa que se ajustaba al nacimiento de la grávida panza manchada de marrón.

—Luz verde, Teniente —susurró Alice de pie al lado del sofá, sin niño en brazos ni perro baboso alrededor.

—¿Luz verde? —susurró también Rick.

La miró sabiendo que se había quedado tan absorto ante las fotos que ni se había percatado de que Alice había logrado dormir a Mark, llevarlo a la cuna y dejado a su guardián con él, Thor.

—Muy verde para poner en marcha la operación...

Se quitó los tacones y los tiró al sofá. Con los pies y las piernas lamidos por la seda de las medias, se acercó a él y se subió al masculino regazo para terminar susurrándole:

—**Tormenta del desierto**...

—Nena, busca otro nombre —masculló él metiendo la mano bajo la falda del vestido y acariciando el sedoso muslo.

—¿Y eso por qué? —preguntó ella con los tirantes del vestido descolgados por sus codos y con el escote apenas cubriendo la silueta carnosa de las areolas de sus pechos.

—Porque ese nombre ya está pillado...

—Ah, pues, ¿qué te parece... —Alice entornó ligeramente las pelirrojas cejas y arrugó la naricita, claros signos de que estaba pensando— Operación Tornado del desierto?

—¿Tornado del desierto? ¿Y por qué tornado del desierto?

—Hay que dártelo todo mascadito... —sonrió Alice levantando su mano hacia la que Rick acababa de apartar de su muslo para apoyarla en su mejilla—. ¿Qué pasa? —preguntó ante la ahora acuosa mirada de él.

—¿Te he dado las gracias?

—Las gracias, ¿por qué? —preguntó Alice acariciando la mano de Rock sobre su mismo pómulo.

Rick la besó sintiendo que aquella era la única manera de explicarle el porqué de sus gracias, del porqué de su agradecimiento. La besó recibiendo el de nada de Alice al ella responder a su beso y descolgar su mano de su semblante para que ambos pudieran entrelazar los dedos con el destello gualdo de sus sortijas.

¿Quién ha dicho que es difícil dar... las gracias?

FIN

GLOSARIO

After Eight: Chocolatina producida por Nestlé. Lámina cuadrada de crema de menta cubierta de chocolate.

After hours **(después de las horas en inglés):** Se denomina así a clubes nocturnos o discotecas que abren durante la madrugada y la mañana, generalmente después del cierre de otros locales.

Al·lahu-àkbar **(Dios es el más grande en árabe):** También llamada *takbir*. Profesión de fe del islam recitada para expresar alegría, aprobación, alabar a un orador, como grito de batalla o para darse ánimos en caso de problemas. A menudo, en vez de aplaudir, alguien grita *«¡takbir!»* y la multitud responde *«Al·lahu-àkbar»*.

Alicia en el país de las maravillas: Cuento escrito por el matemático y escritor británico Charles Lutwidge Dodgson bajo el seudónimo de Lewis Carroll. Está lleno de alusiones satíricas a los amigos del autor, la educación inglesa y temas políticos de la época. El cuento fue creado básicamente a través de juegos de lógica, de forma tan especial que la obra es popular en los más variados ambientes, entre niños y hasta entre matemáticos.

AlQaeda o AlQaida (la base en árabe): Organización yihadista paramilitar. Emplea prácticas terroristas y se plantea como un movimiento de resistencia islamista alrededor del mundo.

Always on my mind: Es una canción compuesta por Johnny Christopher, Mark James y Wayne Carson Thompson para Elvis Presley que grabó el 29 de marzo de 1972. Ha sido interpretada por Michael Bublé, entre otros.

Amazing Grace: Autobiografía espiritual de John Newton (clérigo británico) en verso. Himno cristiano adoptado por EE. UU. como icono, usado en funerales y actos que necesitan inspirar esperanza.

Ara rubrogenys: Significa frente roja. Es un ave de la familia de los loros, de Bolivia en peligro de extinción.

Arlington: Cementerio militar estadounidense establecido cerca del Pentágono durante la Guerra de Secesión. Veteranos de todas las guerras, desde la de Independencia hasta las acciones militares en Afganistán, están enterrados allí.

ARMY: Es la mayor de las ramas de las Fuerzas Armadas de los EE. UU. Su principal responsabilidad son las operaciones militares terrestres.

Átropos: A veces llamada Aisa, era la mayor de las tres Moiras, la personificación del destino en la mitología griega. Átropos elegía el mecanismo de la muerte y terminaba con la vida de cada mortal cortando su hebra con sus aborrecibles tijeras. Trabajaba junto con Cloto, quien hilaba la hebra, y Láquesis, quien medía su longitud. En la mitología romana su equivalente son las Parcas, de nombre Nona, Décima y Morta.

Batcueva: Es el cuartel general secreto del superhéroe ficticio de DC Comics Batman, quien a su vez es el álter ego del millonario filántropo Bruce Wayne. Consiste en una serie de cavernas subterráneas ubicadas bajo la mansión Wayne.

Bizcochado: En cerámica es la primera cocción.

Bronx: Es un condado del estado de Nueva York y uno de sus cinco distritos metropolitanos *(borough)*. Es el distrito situado más al norte y el único en tierra firme. Algunas zonas del Bronx, sobre todo las del sureste, han alcanzado un alto nivel de deterioro. Todo lo contrario que Riverdale, situado junto al río Hudson, que presenta un paisaje de viviendas unifamiliares con jardines.

Cake pops: Una forma de reutilizar restos de bizcocho. Se hacen bolitas que se recubren de chocolate u otro *frosting* y se pegan a un palito a modo de piruleta.

Carrot cake: Pastel dulce con zanahoria machacada mezclada en la masa. La zanahoria se ablanda en el proceso de cocción y la tarta suele tener una textura densa y suave. Se hizo popular en la Segunda Guerra Mundial debido al racionamiento, el azúcar era caro y la zanahoria era dulce.

Cheddar: Queso pálido y agrio, originalmente producido en la villa de Cheddar, en Somerset, Inglaterra.

Cheese frosting: Glaseado a base de queso de untar, mantequilla y azúcar.

CIA: La Agencia Central de Inteligencia o CIA *(Central Intelligence Agency)* es, junto con la Agencia de Seguridad Nacional, la agencia encargada de la recopilación, análisis y uso de inteligencia, mediante el espionaje en el exterior, ya sea a gobiernos, corporaciones o individuos que puedan afectar la seguridad nacional de Estados Unidos.

Cinnamon rolls: Bollito americano relleno de canela, con cobertura de azúcar glas o crema de queso suave.

Ir de comando: No llevar ropa interior.

Cornbread: Genérico para panes de rápida elaboración que contienen harina de maíz.

Cranberry juice: Zumo de arándano rojo. Es rico en Vitamina C.

Curare: El término curare se aplica genéricamente a diversos venenos que se aplican a las flechas en América del Sur. Dichos extractos se hacen con numerosas y diferentes plantas de la cuenca amazónica.

Dentyne fire: Chicle sin azúcar con sabor a canela picante.

Dragón de Komodo *(Varanus komodoensis):* Es el lagarto más grande del mundo. Mide entre dos y tres metros y pesa sobre setenta kilos. Se alimenta principalmente de carroña, aunque también caza y tiende emboscadas a sus presas.

Dragster: Vehículo especial construido para las carreras de aceleración. Las carreras de aceleración o *drag races* representan uno de los sectores más importantes del deporte automovilístico norteamericano.

El Sombrerero Loco: Excéntrico personaje del libro *Alicia en el país de las maravillas* de Lewis Carroll.

Empire State Building: Rascacielos situado en el cruce de la Quinta Avenida y West 34th Street, en Nueva York, EE. UU. Construido en 1931, fue el edificio más alto del mundo durante más de cuarenta años, hasta 1972, cuando se completó la construcción de la torre norte del World Trade Center.

F-15E Strike Eagle: Desarrollado por McDonnell-Douglas, ahora Boeing, es un avión caza bimotor polivalente, usado por EE. UU. en Irak y Afganistán.

Furby: Juguete fabricado por Tiger Electronics. Es un híbrido entre ratón, gato, murciélago y búho de aparente «inteligencia» y capacidad de aprendizaje.

G.I. Jane: Película de Ridley Scott (1997). Protagonizada por Demi Moore, Viggo Mortensen y Anne Bancroft. Es la historia ficticia de la primera mujer que formó parte de los SEAL, marines de EE. UU.

Ginger snaps: Galletas a base de melaza, azúcar moreno, jengibre, canela y clavo.

Gravy: Salsa cuya principal base es el jugo de carne.

Gucci: Firma italiana dedicada al diseño y producción de artículos de moda. Fue fundada en 1921 por el artesano Guccio Gucci en un pequeño taller de Florencia. Ahora es uno de los mayores exponentes de artículos de lujo a nivel mundial.

Hawk: Helicóptero utilitario de carga media, bimotor y rotor de cuatro palas, fabricado por la Americana Sikorsky Aircraft. Entró en servicio en el ejército de EE. UU. en 1979 como helicóptero de transporte táctico.

Hoorah: Los marines suelen usar *Hoorah* en lugar de *Hoah*, que viene de *H.U.A (Heard, Understood, Acknowledged)*. Utilizado por el ejército americano para dar a entender que se ha oído, comprendido y se acata lo que dice un superior.

Humvee: *OHMMW (High Mobility Multipurpose Wheeled Vehicle)* es un vehículo militar multipropósito con tracción en las cuatro ruedas.

Kufiya: Pañuelo tradicional de Oriente Medio y Arabia.

La barca: Famoso bolero compuesto por Roberto Cantoral.

Lolita: El término «Lolita» se usa para referirse a adolescentes consideradas muy seductoras, especialmente si son menores de edad.

LT: Abreviación inglesa del rango militar de Teniente.

M249: Ametralladora ligera empleada por las fuerzas armadas de EE. UU. Proporciona el gran volumen de fuego de una ametralladora media con munición más ligera.

M4: Versión carabina del fusil de asalto M16.

M9: Pistola versión de la Beretta 92, usada por las Fuerzas Armadas de EE. UU. desde 1985.

Macaroni and cheese: Macarrones con queso, plato muy común en EE. UU. A base de macarrones y salsa de queso *cheddar*.

MONSTER NUEVA EDICIÓN: Novela de Andrea Acosta publicada por ACOSTA Group en 2013. Trata la temática del BDSM: B de bondage (ligaduras), D de disciplina y dominación, S de sumisión y sadismo, M de masoquismo.

My Little Pony: Coloridos ponis de juguete producidos por Hasbro, principalmente para niñas pequeñas. Los diferentes ponis se identifican por sus cuerpos y sus crines de colores, así como por un símbolo en uno o en ambos lados de sus cuartos traseros.

Old fashioned: Pasado de moda en inglés. Es un cóctel a base de *whisky rye* (de centeno) o *bourbon* (de maíz) y amargo de angostura.

Pandoro: Dulce navideño tipo *brioche* con mucho huevo y en forma de estrella de ocho puntas, originario de la ciudad de Verona (Italia).

Pastel de pacanas: Pastel de crema, jarabe de maíz y nuez pacana que se sirve en las comidas festivas. Es una especialidad de la gastronomía del sur de los Estados Unidos. El árbol pacana es además uno de los símbolos del estado de Texas.

Pole dance: Baile de barra americana. En bares y clubes son bailarinas las que actúan en torno a una barra vertical.

Priapismo: Erección patológica, sostenida, larga y a veces dolorosa que ocurre sin estimulación sexual.

Pudding **de Navidad:** Postre tradicional de Navidad popular en la cocina británica. Se elabora con ingredientes caros o de lujo, dulces y especias que le dan un delicioso aroma claramente distintivo.

Redskins (Washington Redskins): Los Pieles Rojas de Washington son un equipo de fútbol americano profesional de Washington D.C., miembro de la División Este de la *National Football Conference (NFC)* y parte de la *NFL (National Football League)*.

Regalo de mi no Cumpleaños: Fiesta diaria que tiene lugar en el libro de *Alicia en el país de las maravillas* de Lewis Carroll.

Reina de Corazones: Personaje del libro *Alicia en el país de las Maravillas* de Lewis Carroll. Es un naipe de la baraja inglesa llena de furia ciega. Es rápida para sentenciar a la decapitación a quien ose ofenderla lo más mínimo.

SAW *(Squad Automatic Weapon):* Fusil automático que cumple la función de una ametralladora ligera.

Scones: Panecillo individual y redondo, típico del Reino Unido. Es un alimento muy común en desayunos y meriendas en países de habla inglesa.

Scrabble: Juego de mesa en el cual cada jugador intenta ganar puntos mediante la construcción de palabras sobre un tablero de 15 x 15 casillas.

Semper Fi: Lema de los marines de Estados Unidos, abreviación de *Semper Fidelis* (Siempre fiel). Fue adoptado en 1883. Es también el título de su marcha oficial.

Shortbread cookies: Galleta tradicional escocesa. Se elabora sin levadura, con una parte de azúcar blanco, dos de mantequilla y tres de harina de trigo. Puede llevar otros ingredientes como arroz o harina de maíz para cambiar su textura.

Slimer: (Pegajoso en la versión hispanoamericana, Moquete en la española) es un personaje ficticio de las películas *Los cazafantasmas.*

Son of the Beast (Hijo de la bestia): La más grande montaña rusa de madera. Situada en Kings Island, EE. UU., tiene 63 m de caída y un looping de 36 m de alto.

Star-Spangled Banner flags: *Star-Spangled Banner*, o sea, la bandera tachonada de estrellas, es el himno nacional de los Estados Unidos de América y *flags* son las banderitas que llevan consigo los americanos en cualquier evento importante.

Superbowl: Partido final del campeonato de la *NFL*, principal campeonato profesional de fútbol americano en EE. UU. Enfrenta a los campeones de las Conferencias Nacional *(NFC)* y Americana *(AFC)*. Se disputa el primer domingo de febrero.

The Gold's Gym: Gold's Gym International, Inc. es una cadena americana de gimnasios fundada en California por Joe Gold en 1965.

Thumbprint cookies: Galletas en cuyo centro se hace un hueco con el pulgar que se rellena de mermelada.

Tipi *(Tepee o teepee):* Tienda cónica, originalmente hecha de pieles de animales como el bisonte y popularizada por los pueblos indígenas de las Grandes Llanuras de los Estados Unidos.

Tormenta del desierto: Guerra del Golfo Pérsico o La Madre de Todas las Batallas, según el líder Iraki Sadam Husein. (2.8.1990-28.2.1991).

Touchdown: Es la forma básica de anotación en el fútbol americano y canadiense. Se da cuando quien lleva el balón cruza la zona de anotación o un receptor captura el pase en esa zona. Un *touchdown* otorga seis puntos y la oportunidad de un punto extra o una conversión de dos puntos.

Twinkle little star: Popular canción infantil en varios países.

U Street Corridor: Zona de ocio en Washington D.C. fue centro cultural afroamericano. Abandonado tras los disturbios de 1968, hoy vuelve a ser lo que era.

Vernissage: En el siglo XIX cuando un artista preparaba una muestra o exhibición realizaba el último trabajo en una reunión informal donde amigos y conocidos le ayudaban con el barnizado o acabado. De allí deriva la palabra *vernissage*, que en francés significa barnizado y hoy en día se ha convertido en la fiesta inaugural de una exposición.

Wide receiver: "Receptor". Es una posición en el fútbol americano y el canadiense.

Yihad: Concepto del Islam que representa una obligación religiosa de los musulmanes. En castellano, la palabra árabe *yihād* se traduce como esfuerzo, lucha. A partir del 11S el concepto se ha radicalizado y lo interpretamos como la llamada a la Guerra Santa.

Yihadista: Perteneciente a la Yihad.

Yuengling Traditional: D. G. Yuengling & Son es el productor de cerveza americano más antiguo (1829).

Zippo: Gama de encendedores creada por George G. Blaisdell (1893-EE. UU.). Su forma permite mantener la llama a pesar de que haya viento. Se rellena con gasolina u otros combustibles.

4 de julio: Día de la Independencia de los Estados Unidos, su fiesta nacional.

acostaars@outlook.es
www.tiendaoficialacostaars.esy.es

 www.facebook.com/ACOSTAarsEditorial

 @AcostaArs

@acostaarseditorial

Canal ACOSTA ars

 www.acostaskitchen.com

www.ingramcontent.com/pod-product-compliance
Lightning Source LLC
LaVergne TN
LVHW090045180726
843489LV00002B/508